Im Schloß

Theodor Storm

copyright © 2023 Culturea éditions
Herausgeber: Culturea (34, Hérault)
Druck: BOD - In de Tarpen 42, Norderstedt (Deutschland)
Website: http://culturea.fr
Kontakt: infos@culturea.fr
ISBN:9791041939213
Veröffentlichungsdatum: FEBRUAR 2023
Layout und Design: https://reedsy.com/
Dieses Buch wurde mit der Schriftart Bauer Bodoni gesetzt.
Alle Rechte für alle Länder vorbehalten.
ER WIRT MIR GEBEN

Von der Dorfseite

Vom Kirchhof des Dorfes, ein Viertelstündchen hinauf durch den Tannenwald, dann lag es vor einem: zunächst der parkartige Garten, von alten ungeheueren Lindenalleen eingefaßt, an deren einer Seite der Weg vom Dorf vorbeiführte; dahinter das große steinerne Herrenhaus, das nach vorn hinaus mit den Flügelgebäuden einen geräumigen Hof umfaßte. Es war früher das Jagdschloß eines reichsgräflichen Geschlechts gewesen; die lebensgroßen Familienbilder bedeckten noch jetzt die Wände des im oberen Stock gelegenen Rittersaales, wo sie vor einem halben Jahrhundert beim Verkaufe des Gutes mit Bewilligung des neuen Eigentümers vorläufig hängen geblieben und seitdem, wie es schien, vergessen waren. Vor etwa zwanzig Jahren war das Gut, dessen wenig umfangreiche Ländereien zu den Baulichkeiten in keinem Verhältnis standen, in Besitz einer alten weißköpfigen Exzellenz, eines früheren Gesandten, gekommen. Er hatte zwei Kinder mitgebracht, ein blasses, etwa zehnjähriges Mädchen mit blauen Augen und glänzend schwarzen Haaren und einen noch sehr jungen kränklichen Knaben, welche beide der Obhut einer ältlichen Verwandten anvertraut waren. Später hatte sich noch ein alter Baron, ein Vetter des Gesandten, hinzugefunden, der einzige von der Schloßgesellschaft, der sich zuweilen unten im Dorfe blicken ließ und auch mit den Leuten im Felde mitunter einen kurzen Diskurs führte; denn im heißen Sommer oder an hellen Frühlingstagen pflegte er weit umherzuwandern, um allerhand Geziefer einzusammeln, das er dann in Schachteln und Gläsern mit nach Hause nahm. Selten einmal war auch das junge Fräulein bei ihm; sie trug dann wohl eine der leichteren Fanggerätschaften und ging eifrig redend an des Oheims Seite; aber um die Begegnenden kümmerte sie sich nicht weiter. Die kleine hagere Gestalt der alten Exzellenz hatte, außer beim sonntäglichen Gottesdienste in dem herrschaftlichen Kirchenstuhl, kaum jemand anders als vom Wege aus gesehen, wenn er in der breiten Lindenallee des Gartens auf und ab wandelte oder, stehenbleibend, das Moos auf dem Steige mit seinem Rohrstocke losstieß. Den scheuen Gruß der vorübergehenden Bauern pflegte er wohl mit einer leichten Handbewegung zu erwidern; was er sonst mit ihnen zu schallen hatte, wurde von dem Verwalter abgetan, dem die Bewirtschaftung des kleinen Gutes überlassen war.

Nach Jahren wurde diese Hausgenossenschaft noch durch einen Lehrer des kleinen Barons vermehrt. Die Leute im Dorf erinnerten sich seiner noch sehr wohl; er war aus der Umgegend und stammte auch von Bauern her. Man hatte ihn oft mit dem alten Baron gesehen, und das Fräulein, damals schon eine junge Dame, war mitunter auch in ihrer Gesellschaft gewesen. Man erzählte sich noch, wie er mit dem alten Herrn in den Tannen einen Dohnenstieg angelegt; aber das Fräulein sei meist schon vor ihnen dagewesen und habe die Drosseln, die sich lebendig in den Schlingen gefangen, heimlich wieder fliegen lassen. Einmal auch hatte der junge freundliche Herr den kleinen verkrüppelten Knaben auf dem Arm durch das Tannicht getragen; denn mit dem Rollstühlchen war auf dem schmalen Steige nicht fortzukommen gewesen, und das Kind hatte die gefangenen Vögel selbst aus den Dohnen nehmen können.

Bald aber war es wieder einsamer geworden; der arme Knabe war gestorben und der Hauslehrer fortgegangen. Schon früher hatte man im Dorfe von den Gutsnachbarn oder aus der Stadt drüben nur vereinzelt einen Besuch den Weg nach dem Schlosse fahren sehen; jetzt kam fast niemand mehr; auch die alte Exzellenz sah man immer seltener in der breiten Allee des Gartens wandeln.

Nur noch einmal, im Herbste des folgenden Jahres, war es droben auf einige Tage wieder lebendig geworden; als die Hochzeit des jungen Fräuleins gefeiert wurde. Unten in der Dorfkirche war die Trauung gewesen. Seit lange hatte man dort so viele vornehme Leute nicht gesehen; aber die hagere Gestalt des Bräutigams mit dem dünnen Haar und den vielen Orden wollte den Leuten nicht gefallen; auch die Braut, als sie von der alten Exzellenz an die mit Teppichen belegten Altarstufen geführt wurde, hatte in dem langen weißen Schleier, mit den dicht zusammenstehenden schwarzen Augenbrauen ganz totenhaft ausgesehen; was aber das schlimmste war, sie hatte nicht geweint, wie es doch den Bräuten ziemt. Der alte Baron, der in sich zusammengesunken in dem herrschaftlichen Stuhl gesessen und mit trübseligen Augen auf die Braut geblickt hatte, war nach Beendigung der Zeremonie allein und heimlich seitwärts über die Felder gegangen.

Am darauffolgenden Nachmittag hielt der Wagen mit den Neuvermählten eine kurze Zeit in der Durchfahrt des Dorfkruges; und die Leute standen umher und besahen sich das Wappen auf dem Kutschenschlage, einen Eberkopf im blauen Felde. Der hagere vornehme Mann war ausgestiegen und brachte der jungen Frau eigenhändig ein Glas Wasser an den Wagen; von dieser selbst war wenig zu sehen; sie saß im Dunkel des Fonds schweigend in ihre Mäntel gehüllt.

Der Wagen fuhr davon, und seitdem vergingen Jahre, ohne daß man von dem Fräulein wieder etwas hörte. Nur dem Prediger hatte einmal der alte Baron erzählt, daß ein Knabe, den sie im zweiten Jahre der Ehe geboren, von einer Kinderepidemie dahingerafft sei; und später dann, als die alte Exzellenz gestorben und abends bei Fackelschein auf dem Kirchhof hinter den Tannen zur Erde gebracht wurde, sollte sie nachts auf dem Schlosse gewesen sein; aber von den Leuten im Dorfe hatte niemand sie gesehen. Bald darauf verließ auch der alte Baron mit seinen Sammlungen und Büchern das Schloß, wie es hieß, um bei einem andern Vetter seine harmlosen Studien fortzusetzen.

Einen Sommer lang wohnte niemand in dem steinernen Hause, und das Gras wuchs ungestört auf den breiten Steigen der Gartenallee.

Da, eines Nachmittags, es mochte jetzt ein Jahr vergangen sein, hielt wiederum der Wagen mit dem Eberkopf vor dem Wirtshause des Dorfes. Die junge Frau saß darin, das einstige Fräulein vom Schloß; sie sprach freundlich zu den Leuten, erzählte ihnen, daß sie ihr Gut jetzt selbst bewirtschaften und bewohnen werde, und bat um treue Nachbarschaft. Aber froh sah sie nicht aus, auch nicht ganz jung mehr, obwohl sie kaum mehr als fünfundzwanzig Jahre zählen mochte.

Die Leute wußten sich keinen Vers daraus zu machen; bald aber kam das Gerücht über Stadt und Land und auch in die Gaststube des Dorfkruges. Das in der Kirche drüben geschlossene vornehme Ehebündnis war nicht zum Guten ausgeschlagen. Die junge Frau sollte in der Residenz, wo ihr Gemahl eine Hofcharge bekleidete, eine Liebschaft mit einem jungen Professor gehabt haben. Einige hatten sogar gehört, es sei der ihnen wohlbekannte Hauslehrer des verstorbenen kleinen Junkers. Die Dame, hieß es, sei so etwas wie verbannt und dürfe nicht in die Residenz zurückkehren. Dann noch ein anderes, was aufs neue die müßigen Ohren reizte: der zweifelhafte Ursprung jenes unlängst begrabenen Kindes sollte zu der Trennung des Ehepaars die nächste Veranlassung gegeben haben. Das Gerücht war von allem unterrichtet, von dem, was geschehen, und noch mehr von dem, was nicht geschehen war.

Währenddessen hauste die Baronin droben in dem alten Schlosse, in großer Einsamkeit; denn niemals sah man aus der Stadt oder von den benachbarten Adelsfamilien einen Wagen an dem Tannicht hinauffahren. Wie der Schullehrer sagte, hatte sie sich Bücher aus der Stadt kommen lassen, in denen sie die Landwirtschaft studierte; auch mit den Dorfleuten, wenn sie solche auf ihren täglichen Spaziergängen traf, führte sie gern derartige Gespräche. Ja, man hatte sie am heißen Juninachmittage gesehen, wie sie auf einem Acker die Steine in ihre seidene Schürze sammelte und auf die Seite trug, begleitet von einem großen schwarzen St.-Bernhards-Hunde, der nie von ihrer Seite wich.

Sie mochte sich indessen doch der übernommenen Aufgabe nicht ganz gewachsen fühlen; denn vor etwa einem Vierteljahr war ein Verwalter angelangt; aber es war ein junger vornehmer Herr, für den der Vater längst ein mehr als doppelt so großes Gut in Bereitschaft hatte. Die Bauern konnten nicht begreifen, was der in der kleinen Wirtschaft profitieren wolle, zumal sie es bald heraushatten, daß er seine Sache aus dem Fundament verstehe; der Schulmeister meinte freilich, es sei ein weitläufiger Vetter der Baronin; allein der Förster wollte die Anwesenheit des jungen Herrn nicht als verwandtschaftliche Hülfeleistung gelten lassen. Er kniff die Augen ein und sagte geheimnisvoll: »Was einmal in der Stadt geschehen nun, Gevatter, Ihr seid ja ein Schulmeister, macht Euch den Satz selber zu Ende!«

Im Schloß

An dem linken Ende der Front neben dem stumpfen Eckturm führte eine schwere Tür ins Haus. Rechts hinab, an der gegenüberliegenden breiten Treppenflucht vorbei, auf welcher man in das obere Stockwerk gelangte, zog sich ein langer Korridor mit nackten weißen Wänden. Den hohen Fenstern gegenüber, welche auf den geräumigen Steinhof hinaussahen, lag eine Reihe von Zimmern, deren Türen jetzt verschlossen waren. Nur das letzte wurde noch bewohnt. Es war ein mäßig großes, düsteres Gemach; das einzige Fenster, welches nach der Gartenseite hinaus lag, war mit dunkelgrünen Gardinen von schwerem Wollenstoffe halb verhangen. In der tiefen Fensternische stand eine schlanke Frau in schwarzem Seidenkleide. Während sie mit der einen Hand den Schildpattkamm fester in die schwere Flechte ihres schwarzen Haares drückte, lehnte sie mit der Stirn an eine Glasscheibe und schaute wie träumend in den Septembernachmittag hinaus. Vor dem Fenster lag ein etwa zwanzig Schritte breiter Steinhof, welcher den Garten von dem Hause trennte. Ihre tiefblauen Augen, über denen sich ein Paar dunkle, dicht zusammenstehende Brauen wölbten, ruhten eine Weile auf den kolossalen Sandsteinvasen, welche ihr gegenüber auf den Säulen des Gartentores standen. Zwischen den steinernen Rosengirlanden, womit sie umwunden waren, ragten Federn und Strohhalme hervor. Ein Sperling, der darin sein Nest gebaut haben mochte, hüpfte heraus und setzte sich auf eine Stange des eisernen Gittertors; bald aber breitete er die Flügel aus und flog den schattigen Steig entlang, der zwischen hohen Hagebuchenwänden in den Garten hinabführte. Hundert Schritte etwa von dem Tore wurde dieser Laubgang durch einen weiten sonnigen Platz unterbrochen, in dessen Mitte zwischen wuchernden Astern und Reseda die Trümmer einer Sonnenuhr auf einem kleinen Postamente sichtbar waren. Die Augen der Frau folgten dem Vogel; sie sah ihn eine Weile auf dem metallenen Weiser ruhen; dann sah sie ihn auffliegen und in dem Schatten des dahinterliegenden Laubganges verschwinden.

Mit leichtem Schritt, daß nur kaum die Seide ihres Kleides rauschte, trat sie ins Zimmer zurück, und nachdem sie auf einem Schreibtische einige beschriebene Blätter geordnet und weggeschlossen hatte, nahm sie einen Strohhut von dem an der Wand stehenden Flügel und wandte sich nach der Tür. Von einem Teppich neben dem Kamin erhob sich ein schwarzer St.-Bernhards-Hund und drängte sich neben ihr auf den Korridor hinaus. Während sie wie im stillen Einverständnis ihre Hand auf dem schönen Kopf des Tieres ruhen ließ, erreichten beide eine Tür, welche unterhalb der großen Haupttreppe in den schmalen Hof hinausführte. Sie gingen über die mit Gras durchwachsenen Steine und durch das dem Fenster des Wohnzimmers gegenüberliegende Gittertor in den breiten Gartensteig hinab.

Die Luft war erfüllt von dem starken Herbstdufte der Reseda, welcher sich von dem sonnigen Rondell aus über den ganzen Garten hin verbreitete. Hier, an der rechten Seite desselben, bildete die Fortsetzung des Buchenganges eine Nachahmung des Herrenhauses; die ganze Front mit allen dazugehörigen Tür- und Fensteröffnungen, das Erdgeschoß und das obere Stockwerk, sogar der stumpfe Turm neben dem Haupteingange, alles war aus der grünen Hecke herausgeschnitten und trotz der jahrelangen Vernachlässigung noch gar wohl erkennbar; davor breitete sich ein Obstgarten von lauter Zwergbäumen aus, an denen hie und da noch ein Apfel oder eine Birne hing. Nur ein Baum schien aus der Art geschlagen; denn er streckte seine vielverzweigten Äste weit über die Höhe des grünen Laubschlosses hinaus. Die Dame blieb bei demselben stehen und warf einen flüchtigen Blick umher; dann setzte sie den geschmeidigen Fuß in die unterste Gabel des Baumes und stieg leicht von Ast zu Ast, bis die Umgebung der hohen Laubwände ihren Blick nicht mehr beschränkte.

Seitwärts, unmittelbar am Garten, erhob sich der Tannenwald und verdeckte das tiefer liegende Dorf; vor ihr aber war die Schau ins Land hinaus eine unbegrenzte. Unterhalb des Hochlandes, worauf das Schloß lag, breitete sich nach beiden Seiten eine dunkle Heidestrecke fast bis zum Horizont; in braunviolettem Dufte lag sie da; nur an einer Stelle im Hintergrunde standen schattenhaft die Türme einer Stadt. Die schlanke Frauengestalt lehnte sorglos an einen schwanken Ast, indes die scharfen Augen in die Ferne drangen. Ein Schrei aus der Luft herab machte sie emporsehen. Als sie über sich in der sonnigen Höhe den revierenden Falken erkannte hob sie die Hand und schwenkte wie grüßend ihr Schnupftuch gegen den wilden Vogel. Ihr fiel ein altes Volkslied ein; sie sang es halblaut in die klare Septemberluft hinaus. Aber unten neben dem auf dem Boden liegenden Sommerhut stand der Hund, die Schnauze gegen den Baum gedrückt, mit den braunen Augen zu seiner Herrin emporsehend. Jetzt kratzte er mit der Pfote an den

Stamm. »Ich komme, Türk, ich komme!« rief sie hinab; und bald war sie unten und ging mit ihrem stummen Begleiter den hinteren Buchengang hinab, der von dem Rondell aus nach der breiten Lindenallee führte.

Als sie in diese eintrat, kam ihr ein junger, kaum mehr als zwanzigjähriger Mann entgegen, in dessen gebräuntem Antlitz mit der feinen vorspringenden Nase eine Familienähnlichkeit mit ihr nicht zu verkennen war. »Ich suchte dich, Anna!« sagte er, indem er der schönen Frau die Hand küßte.

Ihre Augen ruhten mit dem Ausdruck einer kleinen mütterlichen Überlegenheit auf ihm, als sie ihn fragte: »Was hast du, Vetter Rudolf?«

»Ich muß dir Vortrag halten!« erwiderte er, während er sie höfisch zu einer in der Nähe stehenden Gartenbank führte. Dann begann er, vor ihr stehend, einen ernsthaften Vortrag über die Dränierung einer kaltgrundigen Gutswiese; über die Art, wie dies am zweckmäßigsten ins Werk zu richten sei, und über die Kosten, die dadurch veranlaßt werden könnten. Er hatte schon eine Zeitlang gesprochen. Sie lehnte sich zurück und gähnte heimlich hinter der vorgehaltenen Hand. Endlich sprang sie auf. »Aber Rudolf«, rief sie, »ich verstehe von alledem nichts; du hast mir das ja selbst erklärt!«

Er runzelte die Stirn. »Gnädige Frau!« sagte er bittend.

Sie lachte. »So sprich nur; ich habe schon Geduld!«

Dann brachte er's zu Ende. Sie reichte ihm die Hand und sagte herzlich: »Du bist ein gewissenhafter Verwalter, Rudolf; aber ich werde mich nach einem andern umsehen müssen; ich kann dies Opfer nicht länger von dir fordern.«

Ein leidenschaftlicher Blick traf sie aus seinen Augen. »Es ist kein Opfer«, sagte er; »du weißt es wohl.«

»Nun, nun! Ich weiß es«, erwiderte sie ruhig, »du bist ja sogar als zehnjähriger Knabe mein getreuer Ritter gewesen. Bestelle mir nur den Rappen; wir können gleich miteinander zur Wiese hinabreiten.«

Er ging, und sie sah ihm nachdenklich und leise mit dem Kopfe schüttelnd nach.

Bald waren beide zu Pferde. Der junge Reiter suchte an ihrer Seite zu bleiben; aber sie war ihm immer um einige Kopfeslängen voraus. Sie ließ den Rappen ausgreifen, der Schaum flog von den Ketten des Gebisses, während der Hund in großen Sätzen nebenhersprang. Ihre Augen schweiften in die Ferne, über die braune Heide, auf der sich schon die Schatten des Abends zu lagern begannen.

Einige Stunden später saß sie wieder allein in ihrem Zimmer am Schreibtisch, die am Nachmittage weggeschlossenen Blätter vor sich. Neben ihr auf seinem Teppich ruhte Türk.- Von der Lampe beleuchtet, erschien ihre nicht gar hohe Stirn gegen die Schwärze des schlicht zurückgestrichenen Haars von fast durchsichtiger Blässe. Sie schrieb nur langsam; mitunter ließ sie die Feder gänzlich ruhen und blickte vor sich hin, als suche sie die Gestalten ferner Dinge zu erkennen.

Sie gedachte einer Novembernacht, da sie zum letztenmal vor ihrem gegenwärtigen Aufenthalt das Schloß betreten hatte. Der Brief des Oheims, der ihr die Nachricht von der tödlichen Erkrankung ihres Vaters in die Residenz brachte, trug auf dem Kuverte einen mehrere Tage alten Poststempel. Eilig war sie abgereist; nun dämmerte schon der zweite Abend, und die Wälder und Fluren an der Seite des Weges wurden allmählich ihr bekannter. Schon machte aus der Dunkelheit die Nähe des letzten Dorfes sich bemerklich; sie hörte die Hunde bellen und spürte den Geruch des Heidebrennens. An einem kleinen Hause in der Dorfstraße hielt der Wagen. Ihre Jungfer stieg ab, der sie erlaubt hatte, bei ihren dort wohnenden Eltern bis zum andern Morgen zu bleiben. Dann ging es weiter; sie hatte sich in die Wagenecke gedrückt und zog fröstelnd den Mantel um ihre Schultern. Vor ihrem innern Auge war die Gestalt ihres Vaters; sie sah ihn, wie er in der letzten Zeit ihres Zusammenlebens zu tun pflegte, im Zwielicht in dem öden Rittersaale mit seinem Rohrstock auf und ab wandern; den weißen Kopf gesenkt, nur zuweilen vor einem der alten Bilder stehenbleibend oder aus den schwarzen Augen von unten auf einen Blick zu ihr hinüberwerfend.

Es war ganz finster geworden, die Pferde gingen langsam; aber sie wagte nicht, den Postillion zum Schnellerfahren zu ermuntern. Eine unbewußte Scheu schloß ihr den Mund; es war ihr fast lieb, daß der Augenblick der Ankunft sich verzögerte. Immer aber, wenn sie die

Augen schloß, sah sie die kleine hagere Gestalt an sich vorüberwandern, und unter dem Wehen des Windes war es ihr, als höre sie den bekannten abgemessenen Schritt und das Aufstoßen des Rohrstocks auf den Fußboden. Als die Ulmenallee erreicht war, welche über die Brücke nach dem Schloßhof führte, vernahm sie das Schlagen der Turmuhr, deren Regulierung die alte Exzellenz immer selbst überwacht hatte. Sie atmete auf und lehnte sich aus dem Wagen. Eine ungewöhnliche Helligkeit blendete ihre Augen, als sie in den Hof einfuhren. Die ganze obere Front des Gebäudes schien erleuchtet. Der Wagen rasselte über das Steinpflaster und hielt vor der Eingangstür neben dem Turm; der Postillion klatschte mit der Peitsche, daß es an den Mauern des alten Reitsaals widerklang; aber es kam niemand. Nach einer Weile vergeblichen Wartens ließ die zitternde Frau sich den Schlag öffnen und bezeichnete ihrem Fuhrmann einen Raum, worin er seine Pferde zur Nacht unterbringen könne. Dann stieg sie aus und trat, nachdem sie die schwere Tür zurückgedrängt, in den großen Korridor des Erdgeschosses. Einige Augenblicke blieb sie stehen und blickte unentschlossen um sich her. Auf den Geländersäulen der breiten Treppe, die in das obere Stockwerk führte, brannten Walratkerzen in schweren silbernen Leuchtern. Sie beugte sich vor und lauschte; aber es war alles still. Leise, kaum aufzutreten wagend, begann sie die Stufen hinaufzusteigen. Da war ihr, als hörte sie droben auf dem Flur die Tür zum Rittersaale knarren; und gleich darauf kam es ihr entgegen, die Treppe herab. Sie sah es nun auch, es war der Hund ihres Vaters; sie rief ihn bei Namen; aber das Tier hörte nicht darauf, es jagte an ihr vorbei auf den Korridor hinab und entfloh durch die offene Tür ins Freie. Erst jetzt fiel ihr ein dumpfer Geruch von Rauchwerk auf. Sie stieg langsam die letzten Stufen in dem erleuchteten Treppenhause hinauf, bis sie den oberen Flur erreicht hatte. Die Tür des Rittersaals stand offen; in der Mitte des weiten Raumes sah sie zwei Reihen brennender Kerzen auf hohen Gueridons; dazwischen wie ein Schatten lag ein schwarzer Teppich. Aber es war niemand drinnen; nur die Bilder verschollener Menschen standen wie immer schweigend an den Wänden. Die gegenüberliegende Tür zu des Oheims Zimmer war weit geöffnet, und auch dort schienen Kerzen zu brennen; denn sie konnte deutlich die vergoldeten Engelköpfe unter dem Kamingesims erkennen. Zögernd trat sie über die Schwelle in den Saal, aber von Scheu befangen, blieb sie zunächst der Tür in einer Fensternische stehen. Ihr war, als vernähme sie Choralgesang aus der Ferne, und da sie durch die Scheiben einen Blick in das Dunkel hinauswarf, sah sie jenseit der Tannen, von drüben, wo der Kirchhof lag, einen roten Schein am Himmel lodern. Sie wußte es nun, sie war zu spät gekommen; unwillkürlich mußte sie die Augen in den leeren Saal zurückwenden. Die Kerzen brannten leise knisternd weiter; nur mitunter, wo der Sarg mochte gestanden haben, lief ein Krachen über die Dielen, als drängte es sie, sich von der unheimlichen Last zu erholen, die sie hatten tragen müssen. Sie drückte sich schauernd in die Fensterecke; es war nicht Trauer, es war nur Grauen, das sie empfand.

—

Aber ihre Gedanken waren ihrer Feder weit voraus.

Die beschriebenen Blätter

Ich will es niederschreiben, mir zur Gesellschaft; denn es ist einsam hier, einsamer noch, als es schon damals war. Sie sind alle fort; es ist nur Täuschung, wenn ich draußen im Korridor mitunter das Husten der Tante Ursula oder die Krücke des kleinen Kuno zu vernehmen glaube. Es war ein klarer Spätherbstmorgen, als wir das Kind begruben; die Leute aus dem Dorfe standen alle umher mit jener schaurigen Neugier, die wenigstens den letzten Zipfel vom Leilaken des Todes noch in die Grube will schlüpfen sehen. Dann, als ich fern war, starb die Tante, und dann mein Vater. Wie oft habe ich heimlich in seinen Augen geforscht, was wohl im Grund der Seele ruhen möge, aber ich habe es nicht erfahren; mir war, als hielten jene ausgeprägten Muskeln seines feinen Antlitzes gewaltsam das Wort der Liebe nieder, das zu mir drängte und niemals zu mir kam. Droben im Rittersaal hängen noch die Bilder; die stumme Gesellschaft verschollener Männer und Frauen schaut noch wie sonst mit dem fremdartigen Gesichtsausdruck aus ihren Rahmen in den leeren Saal hinein; aber aus dem dahinterliegenden Zimmer läßt sich jetzt weder das Pfeifen des Dompfaffen noch das Gekrächze Don Pedros, des lahmen Starmatzes, vernehmen; der gute Oheim, mit seinen harten Worten und seinem weichen Herzen, mit seinem toten und lebendigen Getier, hat es seit lange verlassen. Aber er lebt noch; er wird vielleicht zurückkehren, wenn es Frühling wird; und ich werde wieder, wie damals, meine Zuflucht in dem abgelegenen Zimmer suchen.

Damals! Ich bin immer ein einsames Kind gewesen; seit der Geburt des kleinen Kuno steigerte sich die Kränklichkeit meiner Mutter, so daß ihre Kinder nur selten um sie sein durften. Nach ihrem Tode siedelten wir hier hinüber. In der Stadt hatten wir, wie hergebracht, nur das Geschoß eines großen Hauses bewohnt; jetzt hatte ich ein ganzes Schloß, einen großen seltsamen Garten und unmittelbar dahinter einen Tannenwald. Auch Freiheit hatte ich genug; der Vater sah mich meistens nur bei Tische, wo wir Kinder schweigend unser Mahl verzehren mußten; die Tante Ursula war eine gute förmliche Dame, die nicht gern ihren Platz dort in der Fensternische verließ, wo sie ihre saubern Strick- und Filetarbeiten für ferne und nahe Freunde verfertigte; hatte ich meinen Saum genäht und meine Lafontainesche

Fabel bei ihr aufgesagt, so warf sie höchstens einen Blick durchs Fenster, wenn ich mit dem grauen Windspiel meines Vaters zwischen den Buchenhecken des Gartens hinabrannte.

Spielgenossen hatte ich keine; mein Bruder war fast acht Jahre jünger als ich, und die von Adelsfamilien bewohnten Güter lagen sehr entfernt. Von den bürgerlichen Beamten aus der Stadt waren im Anfang zwar einzelne mit ihren Kindern zu uns gekommen; da wir jedoch ihre Besuche nur selten und flüchtig erwiderten, so hatte der kaum begonnene Verkehr bald wieder aufgehört. Aber ich war nicht allein; weder in den weiten Räumen des Schlosses noch draußen zwischen den Hecken des Gartens oder den aufstrebenden Stämmen des Tannenwaldes; der »liebe Gott«, wie ihn die Kinder haben, war überall bei mir. Aus einem alten Bilde in der Kirche kannte ich ihn ganz genau; ich wußte, daß er ein rotes Unterkleid und einen weiten blauen Mantel trug; der weiße Bart floß ihm wie eine sanfte Welle über die breite Brust herab. Mir ist, als sähe ich mich noch mit dem Oheim drüben in den Tannen; es war zum ersten Mal, daß ich über mir das Sausen des Frühlingswindes in der Krone eines Baumes hörte. »Horch!« rief ich und hob den Finger in die Höhe. »Da kommt er!« »Wer denn?« »Der liebe Gott!« Und ich fühlte, wie mir die Augen groß wurden; mir war, als sähe ich den Saum seines blauen Mantels durch die Zweige wehen. Noch viele Jahre später, wenn abends auf meinem Kissen der Schlaf mich überkam, war mir, als läge ich mit dem Kopf in seinem Schoß und fühlte seinen sanften Atem an meiner Stirn.

Mein Lieblingsaufenthalt im Hause war der große Rittersaal, der das halbe obere Stockwerk in seiner ganzen Breite einnimmt. Leise und nicht ohne Scheu vor der schweigenden Gesellschaft drinnen schlich ich mich hinein; über dem Kamin im Hintergrund des Saales, von Marmor in Basrelief gehauen, ist der Krieg des Todes mit dem menschlichen Geschlechte dargestellt. Wie oft habe ich davorgestanden und mit neugierigem Finger die steinernen Rippchen des Todes nachgefühlt! Vor allem zogen mich die Bilder an: auf den Zehen ging ich von einem zu dem andern; nicht müde konnte ich werden, die Frauen in ihren seltsamen roten und feuerfarbenen Roben, mit dem Papageien auf der Hand oder dem Mops zu ihren Füßen, zu betrachten, deren grelle braune Augen so eigen aus den blassen Gesichtern herausschauten, so ganz anders, als ich es bei den lebenden Menschen gesehen hatte. Und dann dicht neben der Eingangstür das Bild des Ritters mit dem bösen Gewissen und dem schwarzen krausen Bart, von dem es hieß, er werde rot, sobald ihn jemand anschaue. Ich habe ihn oftmals angeschaut, fest und lange; und wenn, wie es mir schien, sein Gesicht ganz mit Blut überlaufen war, so entfloh ich und suchte des Oheims Tür zu erreichen. Aber über dieser Tür war ein anderes Bild; es mochten die Porträts von Kindern sein, die vor einigen hundert Jahren hier gespielt hatten; in steifen brokatenen Gewändern mit breiten Spitzenkragen standen sie wie die Kegel nebeneinander, Knaben und Mädchen, eines immer kleiner als das andere. Die Farben waren verkalkt und ausgeblichen, und wenn ich unter dem Bilde durch die Tür lief, war es mir, als blickten sie alle aus den kleinen begrabenen Gesichtern mit ihren beerschwarzen Augen auf mich herab. War dann der Oheim in seinem Zimmer, so flog ich auf ihn zu, und er, von seinen Büchern auffahrend, schalt mich dann wohl und rief: »Was ist? Sind dir die albernen Bilder schon wieder einmal auf den Hacken?«

Großes Bedenken hatte es für mich, in der Dämmerung durch den Saal zu kommen. Zum Glück waren die sich gegenüberstehenden Türen an der Gartenseite, die Fenster sahen hier nach Westen, und der Abendschein stand tröstlich über dem Tannenwald. In des Oheims Zimmer waren dann die Vogelstimmen schlafen gegangen; nur draußen vor dem Fenster wurde der Kauz in seinem großen Käfig nun lebendig. Der Oheim saß dann wohl mit gefalteten Händen in seinem Lehnstuhl, während das Abendrot friedlich durch die Fenster leuchtete. Aber ich wußte ihn zum Sprechen zu bringen; ich ließ mich nicht abweisen, bis er mir das Märchen von der Frau Holle oder die Sage vom Freischützen erzählte, an der ich mich nie ersättigen konnte. Einmal freilich, als die Geschichte eben im besten Zuge war, stand er plötzlich auf und sagte: »Aber, Anna, glaubst du denn all das dumme Zeug? Wart nur ein wenig«, fuhr er fort, indem er seine Schiebelampe anzündete; »du sollst etwas hören, was noch viel wunderbarer ist.« Dann haschte er eine Fliege, und nachdem er sie getötet, legte er sie vor uns auf den Tisch. »Betrachte sie einmal genau!« sagte er. »Siehst du an ihrem Körperchen die silbernen Pünktchen auf dem schwarzen Sammetgrunde; die zwei schönen Federchen an ihrem Kopf?« Und während ich seiner Anweisung folgte, begann er mir den kunstreichen Bau dieses verachteten Tierchens zu erklären. Aber ich langweilte mich; die Wunder der Natur hatten keinen Reiz für mich nach den phantastischen Wundern der Märchenwelt.

Indessen war ich unmerklich herangewachsen; und wenn ich, was selten genug geschah, einmal vor meinem Spiegel stand, so schaute mir eine schmächtige Gestalt mit einem gelben scharfgeschnittenen Gesicht entgegen. Zwar bemerkte ich die auffallende Bläue meiner Augen; im übrigen aber hatte dies zigeunerhafte Wesen mit dem schwarzen Haar keineswegs meinen Beifall. Mein Aussehen kümmerte mich indessen wenig. Ich war über die Bibliothek meines Vaters geraten, in der sich eine Anzahl schönwissenschaftlicher Bücher aus dem Ende des vorigen Jahrhunderts befand. Ich begann zu lesen, und bald befiel mich eine wahre Lesewut; ich kauerte mit meinen Büchern in den heimlichsten Winkeln des Hauses oder des Gartens und hatte manche Rüge meines Vaters zu erdulden, wenn ich den Ruf zum Mittagessen überhörte. Eines Nachmittags war ich draußen, mein Lesefutter in der Tasche, in eine der oberen Fensterhöhlen des Laubschlosses hineingeklettert und hatte es mir auf dem flachgeschorenen Gezweig bequem zu machen gewußt. Ich saß im Schatten, die grüne Blätterwölbung über mir, und hatte mich bald in ein Bändchen von Musäus' Volksmärchen vertieft, während unten in der Mitte des Rondells die heiße Junisonne kochte. Plötzlich kam die Stimme des Oheims in meine Märchenwelt hinein. Als ich hinabblickte, sah ich ihn zwischen den Zwergbäumchen stehen und, die Augen mit der Hand beschattend, zu mir hinaufreden. »So«, rief er, »es wird sich wohl niemand darum kümmern, wenn du hier das Genick brichst?«

»Ich breche ja nicht das Genick, Onkel«, rief ich hinunter; »es sind lauter alte, vernünftige Bäume!«

Aber er ließ sich nicht beruhigen; er holte eine Gartenleiter, stieg zu mir hinauf und überzeugte sich selbst von der Sicherheit meines luftigen Sitzes. »Nun«, sagte er, nachdem er noch einen kurzen Blick in mein Buch geworfen hatte, »du bist ja doch nicht zu hüten; spinne nur weiter, du wilde Katz!«

Um dieselbe Zeit war es, daß eine seltsame Schwärmerei von mir Besitz nahm. Im Rittersaal auf dem Bilde oberhalb der Tür befand sich seitab von den reichgekleideten Kindern noch die Gestalt eines etwa zwölfjährigen Knaben in einem schmucklosen braunen Wams. Es mochte der Sohn eines Gutsangehörigen sein, der mit den Kindern der Schloßherrschaft zu spielen pflegte; auf der Hand trug er, vielleicht zum Zeichen seiner geringen Herkunft, einen Sperling. Die blauen Augen blickten trotzig genug unter dem schlicht gescheitelten Haar heraus; aber um den fest geschlossenen Mund lag ein Zug des Leidens. Früher hatte ich diese unscheinbare Gestalt kaum bemerkt; jetzt wurde es plötzlich anders. Ich begann der möglichen Geschichte dieses Knaben nachzusinnen; ich studierte in bezug auf ihn die Gesichter seiner vornehmen Spielgenossen. Was war aus ihm geworden, war er zum Manne erwachsen, und hatte er später die Kränkungen gerächt, die vielleicht jenen Schmerz um seine Lippen und jenen Trotz auf seine Stirn gelegt hatten? Die Augen sahen mich an, als ob sie reden wollten; aber der Mund blieb stumm. Ein schwermütiges, mir selber holdes Mitgefühl bewegte mein Herz; ich vergaß es, daß diese jugendliche Gestalt nichts sei als die wesenlose Spur eines vor Jahrhunderten vorübergegangenen Menschenlebens. Sooft ich in den Saal trat, war mir, als fühle ich die Augen des Bildes auf meinen Lidern, bis ich emporsah und den Blick erwiderte; und abends vor dem Einschlafen war es nun nicht sowohl das Antlitz des lieben Gottes als viel öfter noch das blasse Knabenantlitz, das sich über das meine neigte. Einmal, da der Oheim über Feld war, trat ich aus seinem Zimmer, wo ich die Fütterung des Käuzchens besorgt hatte. Während ich durch den Saal ging, wandte ich den Kopf zurück und sah das Bild oberhalb der Tür von der Nachmittagssonne beleuchtet, die durch die nahe liegenden hohen Fenster schien. Das Gesicht des Knaben trat dadurch in einer Lebendigkeit hervor, wie ich es bisher noch nicht gesehen, und mich erfaßte plötzlich eine unwiderstehliche Sehnsucht, es in nächster Nähe zu betrachten. Ich horchte, ob alles still sei. Dann schleppte ich mit Mühe einige an den Wänden stehende Tische vor des Oheims Tür und türmte sie aufeinander, bis ich die Höhe des Bildes erreicht hatte. Während ich mitunter einen scheuen Blick über die schweigende Gesellschaft an den Wänden gleiten ließ, mit der ich mich in dem großen Raume eingeschlossen hatte, kletterte ich mit Lebensgefahr hinauf. Als ich oben stand, wallte mein Blut so heftig, daß ich das laute Klopfen meines Herzens hörte. Das Angesicht des Knaben war grade vor dem meinen; aber die Augen lagen schon wieder im Schatten, nur die roten, fest geschlossenen Lippen waren noch von der Sonne beleuchtet. Ich zögerte einen Augenblick, ich fühlte, wie mir der Atem schwer wurde, wie mir das Blut mit Heftigkeit ins Gesicht schoß; aber ich wagte es und drückte leise meinen Mund darauf. Zitternd, als hätte ich einen Raub begangen, kletterte ich wieder hinab und brachte die Tische an ihre Stelle.

Dies alles hatte ein plötzliches Ende. An meinem vierzehnten Geburtstag kündigte mein Vater mir an, daß ich die nächsten drei

Jahre bis nach meiner Einsegnung, die dort erfolgen solle, bei der Tante in einer großen Stadt sein würde. Und so geschah es. Ich war wieder, wie in den ersten Jahren meiner Kindheit, auf den Raum einiger Zimmer beschränkt, ohne Wald, ohne Garten, ohne ein Plätzchen, wo ich meine Träume spinnen konnte. Ich sollte alles lernen, was ich bisher nicht gelernt hatte, ich wurde dressiert von innen und außen, und die Tante, unter deren Augen ich jetzt mein ganzes Leben führte, war eine strenge Frau, die von den hergebrachten Formen kein Tüttelchen herunterließ. Der einzige, der etwas über sie vermochte, war vielleicht der kleine Rudolf, dessen allzu leidenschaftliche Anhänglichkeit mich gegenwärtig zu beunruhigen beginnt. Mit ihm vereint gelang es mitunter, uns zu einer gemeinschaftlichen Wanderung in die Anlagen vor der Stadt loszubitten. Der Aufenthalt wurde erst erträglich, als der Musikunterricht mir größere Teilnahme abgewann und als ich durch Vermittlung meines Lehrers die Erlaubnis erhielt, einem Gesangvereine beizutreten. Freilich wurde sie nur widerwillig gegeben; denn die Gesellschaft war eine aus allen Ständen gemischte mauvais genre, wie die Tante mit einer ablehnenden Handbewegung zu sagen pflegte. Mich kümmerte das nicht. In den Pausen hielt ich mich zu der Schwester einer Hofdame und einer schon ältlichen Baronesse, die beide leidenschaftliche Sängerinnen waren; ein paar Leutnants von der Linie traten zu uns, und wir plauderten, bis der Taktstock wieder das Zeichen gab. Ich hätte von den übrigen kaum einen Namen anzugeben vermocht. Später waren dann die Bedienten zeitig da, um uns nach Hause zu geleiten.

Dann und wann kam ein kurzer förmlicher Brief meines Vaters, der mich ermahnte, in allem der Tante Folge zu leisten, oder ein längerer des Oheims, der kaum etwas anderes enthielt als das Gegenteil davon, bisweilen freilich auch einen Bericht über Schloß und Garten, der mich mit Heimweh nach diesen einsamen Orten erfüllte.

Endlich war der dreijährige Zeitraum verflossen; Tante Ursula und mein Vater kamen, um mich nach Hause zu holen und Rudolfs Mutter übergab mich ihnen als ein nicht ganz mißlungenes Werk ihrer Erziehung. Auch mein Bruder Kuno hatte die Reise mitgemacht; er war gewachsen, aber er sah blaß und leidend aus, und es schnitt mir ins Herz, als bei der Ankunft eine kleine Krücke mit ihm vom Wagen gehoben wurde. Wir waren bald vertraute Freunde; auf dem Heimwege saß er zwischen mir und der Tante und ließ meine Hand nicht aus der seinen.

An einem klaren Aprilnachmittage langten wir zu Hause an. Schon als wir über die Brücke in den Hof einfuhren, sah ich den Oheim neben dem Turme in der Tür stehen. Er war barhäuptig wie gewöhnlich; sein volles graues Haar schien in der Zwischenzeit nicht bleicher geworden. »Nun, da bist du ja!« sagte er trocken und reichte mir die Hand. Als wir im Wohnzimmer waren und ich mich aus meinen Umhüllungen herausgeschält hatte, ließ er einen mißtrauischen Blick über meine modische Kleidung gleiten. »Wie willst du denn mit den Fahnen in die Beletage deines Gartenschlosses hinaufkommen?« sagte er, indem er den Saum meiner weiten Ärmel mit den Fingerspitzen faßte. »Und ich hab es eben expreß für dich putzen lassen.«

Aber seine Besorgnis war überflüssig; das Wesen, das in den Kleidern mit Volants und Spitzen steckte, war dem Kerne nach kein anderes als das in den knappen Kinderkleidern. Es ließ mir keine Ruhe; mit Entzücken lief ich in den Garten, wo eben das junge Grün an den Buchenhecken hervorsprang, durch das Hinterpförtchen in den Tannenwald und von dort wieder zurück ins Haus. Ich flog die breite Treppe hinauf; es kam mir alles so groß und luftig vor. Dann begrüßte ich die altfränkischen Herren und Damen im Rittersaal; aber ich trat unwillkürlich leiser auf, es war mir doch fast unheimlich, daß sie nach so langer Zeit noch ebenso wie sonst mit ihren grellen Augen in den Saal hineinschauten. Droben über der Tür neben den kleinen Grafenkindern stand noch immer der Knabe mit dem Sperling; aber mein Herz blieb ruhig. Ich ging achtlos, und ohne seinen trotzigen Blick zu erwidern, unter dem Bilde weg in das Zimmer des Oheims. Da saß er schon wieder wie sonst in seinem alten Lehnstuhl, unter seinen Büchern und seinem lebenden und toten Getier; Don Pedro, der lahme Starmatz, krächzte noch ganz in alter Weise, als ich den Finger durch die Stangen seines Käfigs steckte; und auch draußen vor dem Fenster saß wieder ein Käuzchen in einem großen hölzernen Bauer und schaute träumend in den Tag. Der Oheim hatte seine Bücher fortgelegt; und während ich die bekannten Dinge eines nach dem andern wieder begrüßte, fühlte ich bald, wie seine grauen Augen mit der alten Innigkeit auf mich gerichtet waren.

Als ich nach einer Weile in die Wohnstube hinabkam, saß auch Tante Ursula schon strickend in ihrer Fensternische, und nebenan in seinem Zimmer sah ich durch die offene Tür meinen Vater über seine Korrespondenzen und Zeitungen gebückt. So war denn alles noch beim alten; nur eine Vermehrung unserer Hausgenossenschaft stand bevor, da noch am selbigen Abend ein junger Mann erwartet wurde, der von meinem Vater auf die Empfehlung eines Gymnasialdirektors als Lehrer für den kleinen Kuno engagiert war. Er hatte Philologie und Geschichte studiert und sich nach einem längern Aufenthalt in Italien dem akademischen Lehrfach widmen wollen, war aber durch äußere Umstände zu einer vorläufigen Annahme dieser Privatstellung genötigt worden. Außer seinen sonstigen Kenntnissen sollte er, was besonders mich interessieren mußte, ein durchgebildeter Klavierspieler sein.

Ich sah ihn zuerst am folgenden Tage, da er unten an der Mittagstafel neben seinem Zögling saß. Das blasse Gesicht mit den raschblickenden Augen kam mir bekannt vor; aber ich sann umsonst über eine Ähnlichkeit nach. Während er die Fragen meines Vaters über seinen Aufenthalt in der Fremde beantwortete, strich er mitunter mit einer leichten Kopfbewegung das schlichte braune Haar an der Schläfe zurück, als wolle er dadurch ein tiefes inneres Sinnen mit Gewalt zurückdrängen. Nach Beendigung des Mittagessens brachte mein Vater das Gespräch auf Musik und bat ihn, bisweilen meinem Gesange mit seinem Akkompagnement zu Hülfe zu kommen.

Obgleich aber dies mit Bereitwilligkeit zugesagt wurde, so verflossen doch einige Wochen, ohne daß ich mich dieser Abrede erinnert hatte; überhaupt bekümmerte ich mich um den neuen Hausgenossen nicht weiter, als daß ich ihn zu Mittag und bei dem gemeinschaftlichen Abendtee in der herkömmlichen Weise begrüßte. Eines Nachmittags aber war mit einer jungen Dame aus der Stadt, mit der ich zuweilen zu singen pflegte, eine Sendung neuer Musikalien angelangt. Wir hatten ein Duett von Schumann hervorgesucht; aber die eigensinnige Begleitung ging über unsere Kräfte. »Wir wollen den Lehrer bitten«, sagte ich und schickte den Diener nach dessen Zimmer.

Er kam nach einer Weile zurück »Herr Arnold könne augenblicklich nicht, werde aber so bald wie möglich die Ehre haben.« So mußten wir denn warten; ich sah nach der Uhr, eine Minute nach der andern verging, es war schon über eine Viertelstunde. Wir hatten uns eben wieder selbst darangemacht, da ging die Tür, und Arnold trat herein. »Ich bedauere, meine Damen; die Stunde des Kleinen war noch nicht zu Ende.«

Ich erwiderte hierauf nichts. »Wollen Sie die Güte haben!« sagte ich und zeigte auf das aufgeschlagene Notenblatt.

Er trat einen Schritt zurück. »Darf ich bitten, mich der Dame vorzustellen?«

»Herr Arnold!« sagte ich leichthin und ohne aufzublicken; ich nannte den Namen des jungen Mädchens nicht, ich wollte es nicht.

Er sah mich an. Ein überlegenes Lächeln glitt über sein Gesicht, und die leicht aufgeworfenen Lippen zuckten unmerklich. »Fangen wir an!« sagte er dann, indem er sich auf das Taburett setzte und mit Sicherheit die einleitenden Takte anschlug. Dann setzten wir ein; nicht eben geschickt, ich vielleicht am wenigsten; nur die Sicherheit des Klavierspielers hielt uns. Als wir aber bis auf die Mitte des Stückes gekommen waren, hielt er inne. »Ancora!« rief er, indem er mit der flachen Hand die Noten bedeckte; »aber jede Stimme einzeln! Sie, mein Fräulein ich darf mir vielleicht Ihren Namen erbitten!«

Die junge Dame nannte ihn.

»Wollen Sie den Anfang machen!« Und nun begann, bald auch mit mir, eine strenge Übung; unerbittlich wurde jeder Einsatz und jede Figur wiederholt, wir sangen mit heißen Gesichtern; es war, als seien wir plötzlich in der Gewalt unseres jungen Meisters. Mitunter fiel er selbst mit seiner milden Baritonstimme ein; und allmählich trat das Musikstück in seinen einzelnen Teilen immer klarer hervor, bis wir es endlich unaufgehalten bis zu Ende sangen.

Als er sich lächelnd zu uns wandte, stand mein Vater hinter ihm, der unvermerkt herangetreten war. Das etwas abgespannte Gesicht des alten Herrn, der für Musik kein besonderes Interesse hatte, nahm sich zu der herkömmlichen Freundlichkeit zusammen. »Bravo, mein lieber Herr Arnold«, sagte er, indem er den jungen Mann auf die Schulter klopfte, »Sie haben den Damen heiß gemacht; aber Sie sollten uns auch nun selbst noch etwas singen!«

Arnold, der noch die eine Hand auf den Tasten hatte, setzte sich wieder und begann eines jener italienischen Volkslieder, in denen die Klage um den Glanz der alten Zeit wie ein ruheloser Geist umgeht. Mein Vater blieb noch einige Augenblicke stehen; dann wandte er sich ab und ging, die Hände auf dem Rücken, im Zimmer auf und ab. Seine

Gedanken waren längst bei andern Dingen, vielleicht bei dem Bildnis des Königs, das er durch Vermittlung eines einflußreichen Freundes als Geschenk der Majestät zu empfangen Hoffnung hatte. Statt seiner war der kleine Kuno mit seiner Krücke ans Klavier geschlichen und lehnte sich schweigend an seinen Lehrer. Dieser legte unter dem Spielen den Arm um ihn und sang so das Lied zu Ende. »Hörst du das gern, mein Junge?« fragte er, und als der Knabe nickte und mit zärtlichen Augen zu ihm aufsah, nahm er ihn auf den Schoß und sang halblaut, als solle es dem Kleinen ganz allein gehören, das liebe deutsche Lied: »So viel Stern' am Himmel stehen!«

Aber, ob mit oder ohne Willen, auch für mich war es gesungen.

Er sang es später noch oft für mich; denn unmerklich bildete sich seit diesem Tage ein freundlicher Verkehr zwischen uns. Es war aber nicht nur die Musik, die uns zusammenführte; der kleine Kuno hatte bald seine Liebe zwischen mir und seinem Lehrer geteilt und veranlaßte uns dadurch zu mannigfachem Beisammensein in und außer dem Hause.

Eines Tages im Juli waren der Oheim, Arnold und ich mit dem Knaben in der Stadt, um uns nach einem Rollstühlchen für ihn umzutun; denn schon damals begann das Gehen ihm mitunter schwer zu werden. Da unser Geschäft bald besorgt war, so nahmen wir auf Arnolds Vorschlag einen etwas weiteren Rückweg, der am Saume eines schönen Buchenwaldes entlangführte. Hinter demselben in einem Dorfe ließen wir den Wagen halten und wandelten miteinander die Straße hinab, zwischen den meist großen strohbedeckten Bauerhäusern. Nach einer Weile bog Arnold wie zufällig in einen Fußweg ein, welcher zwischen zwei mit Nußgebüsch und Brombeerranken bewachsenen Wällen entlangführte. Wir andern folgten ihm; Kuno, der sich heute kräftiger als sonst zu fühlen schien, hatte seine Augen auf den Hummeln und Schmetterlingen, welche im Sonnenschein um die Disteln schwärmten. Es dauerte indes nicht lange, so hörten zu beiden Seiten die Wälle auf, und vor uns in einer weiten Busch- und Wieseneinsamkeit lag ein stattlicher Bauernhof. Unter einer Gruppe dunkelgrüner Eichen erhob sich das Gebäude mit dem mächtigen, fast bis zur Erde reichenden Strohdache, die braungetünchte Giebelseite uns entgegen, aus der die weißgestrichenen Fenster freundlich hervorleuchteten.

»In jenem Hause«, sagte Arnold, »bin ich als Knabe oft gewesen, und weil es mir hier wie fast nirgends in der Welt gefallen hat, so wünschte ich, daß auch Sie es einmal sähen.«

Der Oheim nickte. »Wer ist denn der Besitzer jenes schönen Gutes?«

»Es ist der Schulze Hinrich Arnold.«

»Hinrich Arnold?«

»Ja, der Bauer auf diesem Gute heißt allzeit Hinrich Arnold.«

»Aber«, fragte ich jetzt, »heißen denn Sie nicht auch so?«

»Die ältesten Söhne aus der Familie tragen alle diesen Namen«, erwiderte er; »auch bei dem Zweige derselben, der in die Stadt übergesiedelt ist. Der Vater des gegenwärtigen Besitzers war der Bruder des meinigen.«

Mittlerweile waren wir bei dem Hause angelangt. Durch das offenstehende Eingangstor am andern Ende des Gebäudes führte uns Arnold auf die große, die ganze Höhe desselben einnehmende Diele, an deren beiden Seiten sich die jetzt leerstehenden Stallungen für das Vieh befanden. Ein leichter Rauchgeruch empfing uns in dem dämmerigen Raume. Im Hintergrunde, wo vor den Türen der Wohnzimmer sich die Diele erweiterte und durch niedrige Seitenfenster erhellt war, saß neben einem am Boden spielenden kleinen Knaben eine alte Frau in der gewöhnlichen Bauerntracht von dunkelm eigengemachtem Zeuge, das graue Haar unter die schwarzseidene Kappe zurückgestrichen. Als wir näher getreten waren, stand sie langsam auf und musterte uns gelassen mit ein Paar grauen Augen, die unter noch schwarzen Brauen kräftig aus dem gebräunten Gesicht hervorsahen. »Sieh, sieh; Hinrich!« sagte sie nach einer Weile, indem sie unserm jungen Freunde die Hand schüttelte, scheinbar ohne uns andern weiter zu beachten.

»Das ist meine Großmutter«, sagte dieser; »da meine Eltern nicht mehr leben, meine nächste Blutsfreundin.« Dann bedeutete er ihr, wer wir seien; und sie reichte nun auch uns, der Reihe nach, die Hand.

Während sie halb mitleidig, halb musternd auf die Krücke des kleinen Kuno blickte, fragte Arnold: »Ist denn der Schulze zu Haus, Großmutter?«

»Sie heuen unten auf den Wiesen«, erwiderte sie.

»Und Ihr«, sagte mein Onkel, »wartet indessen vermutlich den jüngsten Hinrich Arnold?«

»Das mag wohl sein!« erwiderte sie, indem sie die Tür des einen Zimmers öffnete; »so ein abgenutzter alter Mensch muß sehen, wie er sein bißchen Leben noch verdient.«

»Die Großmutter«, sagte Arnold, als wir hineingetreten waren, »kann es nicht lasen, den Jüngeren behülflich zu sein. Aber«, fuhr er zu dieser fort, »Ihr wißt es wohl, dem Schulzen ist es schon eine Freude, daß Ihr noch da seid und daß er und die Kinder Euch noch sehen, wenn sie von der Arbeit heimkommen.«

»Freilich, Hinrich, freilich«, erwiderte die Alte; »aber es erträgt einer doch nicht allzeit, wenn der andere so überzählig nebenher geht.« Sie hatte währenddes zu dem Antlitz ihres Enkels emporgeblickt. »Du siehst nur schwach aus, Hinrich«, sagte sie, »das kommt von all dem Bücherlesen. Er hätte es besser haben können«, fuhr sie dann zu uns gewendet fort; »denn sein Vater war doch der Älteste zum Hof, und er war wieder der Älteste. Aber der Vater wurde studiert; da muß nun auch der Sohn bei fremden Leuten herum sein Brot verdienen.«

Arnold lächelte; der Oheim sandte ihr einen beobachtenden Blick nach, als sie bei diesen Worten aus der Tür ging. Bald aber kam sie mit einigen Gläsern Buttermilch zurück, die Arnold für uns erbeten hatte.

In der Stube, die nicht zum täglichen Gebrauch bestimmt schien, standen mehrere sehr große Tragkisten an den Wänden, grün oder rot gestrichen, mit blankem Messingbeschlag, die eine auch mit leidlicher Blumenmalerei versehen; so daß fast nur auf der unter dem Fenster hinlaufenden Bank sich Platz zum Sitzen fand. Ich wollte der Alten eine Güte tun. »Ihr seid hier schön eingerichtet; mit all den saubern Kisten!« sagte ich.

Sie sah mich forschend an. »Meinen Sie das?« erwiderte sie, »ich dächte, ein paar eichene Schränke, daneben noch ein Stuhl oder ein

Kanapee Platz hätte, wären doch wohl besser; aber es ist einmal die Mode so.«

Der Oheim nahm schweigend eine Prise, indem er mit seinen verschmitztesten Augen zu mir hinüberblickte. Die Alte war nach der Tür gegangen, um von einem über derselben befindlichen Brettchen einen Apfel für meinen Bruder herabzuholen. Da sie nicht hinauflangen konnte, trug ich rasch einen Stuhl herbei, stieg hinauf und reichte ihr den Apfel; zugleich erfreut, dadurch eine Verlogenheit zu verbergen, die ich nicht zu unterdrücken vermochte. Sie ließ mich ruhig gewähren. »Ja«, sagte sie, während sie dem kleinen Kuno den Apfel in die Hand drückte, »das hat jüngere Beine, da kann man nicht mehr mit.« Als ich aber bald darauf die strengen Augen der alten Bäuerin mit dem Ausdruck einer milden Freundlichkeit auf mich gerichtet sah, war mir unwillkürlich, als habe ich etwas gewonnen, das ebenso wertvoll als schwer erreichbar sei.

Bald darauf verließen wir die Stube und besahen die Einrichtung des Gebäudes, vorab den großen, Sauberkeit und Frische atmenden Milchkeller, wie Arnold bemerkte, das eigentliche Staatszimmer unserer Bauern. Dann, während die Alte bei dem künftigen Hoferben zurückblieb, traten wir aus dem Eingangstor ins Freie, unter den Schatten der alten vollbelaubten Eichen. »Ihre Großmutter ist eine Frau von wenig Komplimenten«, sagte der Oheim im Gehen; »aber man weiß nun doch, wo Sie zu Hause sind.«

Arnold ergriff für einen Augenblick die Hand des alten Herrn, die dieser, ohne aufzublicken, ihm gereicht hatte.

Vor uns, seitwärts von dem Hauptgebäude, lag das jetzt leerstehende Abnahmehäuschen. Auf einer Wiese dahinter befanden sich die Reste eines im Viereck gezogenen lebendigen Zaunes, welche die Neugierde meines Bruders erregten. Auch ein Paar Pfähle standen noch in den Büschen, zwischen denen einst ein Pförtchen den Eingang in den kleinen Raum verschlossen haben mochte. »Es ist ein Bienenhof«, sagte Arnold, »den mein Vater als Knabe vor vielen Jahren angelegt hat. Als sein Bruder später das Gut erhielt, hatte er zwar weder Zeit noch Lust, den Betrieb des jungen Bienenvaters fortzusetzen; aber er ließ den Zaun zu seinem Angedenken stehen, und mir zuliebe hat es auch der Schulze so gelassen.«

Vor uns lag, so weit das Auge reichte, eine ausgedehnte Wiesenfläche, hie und da durch lebendige Hecken oder einzelne Baumgruppen unterbrochen. Arnold wies mit der Hand hinaus und sagte: »Hier ist es mir seltsam ergangen. Als zwölfjähriger Knabe, da ich in den Sommerferien bei dem Oheim auf Besuch war, wanderte ich eines Morgens mit meinem einige Jahre älteren Vetter, dem jetzigen Schulzen, da hinab in die Wiesen. Wir gingen immer gradeaus, mitunter durch ein Gebüsch brechend, das unsern Weg durchschnitt. Ich blies dabei auf einer Pfeife, die mir mein Vetter aus Kälberrohr geschnitten hatte; auch ist mir noch wohl erinnerlich, wie an einigen Stellen das Auftreten auf dem sumpfigen, mit weißen Blumen überwachsenen Boden mir ein heimliches Grauen erregte. Nach einer Viertelstunde etwa kamen wir in einen dichten Laubwald, und nach der Sommerhitze draußen empfing uns eine plötzliche Schattenkühle; denn der Sonnenschein spielte nur sparsam durch die Blätter. Mein Vetter war bald weit voran; ich vermochte nicht so schnell fortzukommen, wegen des Unterholzes, das überall umherstand. Mitunter hörte ich ihn meinen Namen rufen, und ich antwortete ihm dann auf meiner Pfeife. Endlich trat ich aus dem Gebüsch in eine kleine sonnige Lichtung. Ich blieb unwillkürlich stehen; mich überkam ein Gefühl unendlicher Einsamkeit. Es war so seltsam still hier; ein paar Schmetterlinge gaukelten lautlos über einer Blume, der Sonnenschein lag schimmernd auf den Blättern, und ein schwerer, würziger Duft schien wie eingefangen in dem abgeschiedenen Raume. In der Mitte desselben auf einem bemoosten Baumstumpf lag eine glänzend grüne Eidechse und sah mich wie verzaubert mit ihren goldenen Augen an. Ich weiß dies alles genau; ich weiß bestimmt, daß wir vom Bienenhof hier in grader Richtung über die Wiesen fortgegangen sind. Und doch lacht der Schulze mich aus, wenn ich ihn jetzt daran erinnere; denn dort hinunter liegt kein Wald und hat auch seit Menschengedenken keiner mehr gelegen. Wo aber bin ich damals denn gewesen?«

»Vielleicht dort nach der andern Seite hin«, sagte mein Oheim.

»Dann hätte der Weg nicht über die Wiesen führen können.«

»Hm; eine grüne Eidechse? Ich habe hier herum so eine noch nicht gefunden. Wissen Sie, Herr Arnold, es ist doch gut, daß Sie nicht der Schulze hier geworden sind. Sie sind ja ein Phantast, trotz der Anna da mit ihren alten Bildern.«

Ich weiß nicht, weshalb wir beide rot wurden, als der Oheim uns bei diesen Worten eines nach dem andern ansah; aber ich bemerkte noch, wie Arnold mit jener leichten Bewegung den Kopf schüttelte und wie zur Abwehr das Haar mit der Hand zurückstrich.

Auf dem Heimwege, den wir bald darauf antraten, wurde wenig zwischen uns gesprochen. Der kleine Kuno saß bald schlafend in meinem Arm; mir war still und friedlich zu Sinne. Als wir zu Hause anlangten, lagen schon die bräunlichen Tinten des Abends am Horizont, und einzelne Sterne drangen durch den Himmel.

Der Sommer ging auf die Neige, während das Leben im Schlosse seinen ruhigen einförmigen Verlauf nahm. Arnold und sein kleiner Schüler schienen immer mehr Gefallen aneinander zu finden; denn der Knabe lernte leicht und willig, wenn die Unterrichtsstunden auch mitunter durch seine Kränklichkeit unterbrochen wurden. Auffallend schwer wurde ihm dagegen das Auswendiglernen alter Kirchenlieder, von denen er an jedem Sonntagmorgen einige Verse vor dem Vater in dessen Zimmer aufsagen mußte. Eines Vormittags wollte ich, um ihn zu ermutigen, das ihm aufgegebene Lied von Nicolai gleichfalls auswendig lernen. Ich war in den Rittersaal hinaufgegangen; bald aber trat ich durch die offenstehende Tür in das Zimmer des Oheims, der wie gewöhnlich um diese Zeit im Lehnstuhl an seinem Tische saß. Er warf einen flüchtigen Blick zu mir hinüber und fuhr dann schweigend fort, die am vorhergehenden Tage gefangenen Insekten auf einer Korktafel auszuspannen. Ich ging mit meinem Buche im Zimmer auf und ab, erst leise und allmählich lauter die Worte des Gesanges vor mir hermurmelnd. So kam ich an den dritten Vers:

Geuß sehr tief in mein Herz hinein,

Du heller Jaspis und Rubein,

Die Flammen deiner Liebe.

Mein Onkel erhob plötzlich den Kopf und sah mich scharf durch seine großen Brillengläser an. »Tritt her!« sagte er. »Was lernst du da?« Als ich Folge geleistet hatte, zeigte er mit dem Finger auf einen schwarzen Käfer, der mit aufgesperrten Kiefern an der Nadel steckte. »Weißt du«, fuhr er fort, »wie der Carabus den Maikäfer frißt?« Und nun begann er mit unerbittlicher Ausführlichkeit die grausame Weise darzulegen, womit dies gefräßige Insekt sich von andern seinesgleichen nährt. Ich hatte selbst so etwas in unserm Garten wohl gesehen, aber es hatte weitere Gedanken nicht in mir angeregt. Meine Augen hingen regungslos an den Lippen des alten Mannes; es überfiel mich eine unbestimmte Furcht vor seinen Worten.

»Und das, mein Kind«, sprach er weiter, indem er jedes seiner Worte einzeln betonte, »ist die Regel der Natur. Liebe ist nichts als die Angst des sterblichen Menschen vor dem Alleinsein.«

Ich antwortete nicht; mir war plötzlich, als wäre der Boden unter meinen Füßen fortgezogen worden. Der Ausdruck meines Gesichts mochte das verraten haben, denn auch mein Oheim schien über die Wirkung seiner Worte bestürzt zu werden. »Nun, nun«, sagte er, indem er mich sanft in seinen Arm nahm; »es mag vielleicht nicht so sein; nur etwas anders doch, als es dort in deinem Katechismus steht.«

Aber die Worte wühlten in mir fort; mein Herz hatte in der Einsamkeit so oft nach Liebe geschrien, während ich in den weiten Gemächern des Hauses umherstrich, wo nie die Hand einer Mutter nach der meinen langte. Um die Mittagszeit sah ich die Leute von der Feldarbeit zurückkehren. Mir war, als müßte der Ausdruck der Trostlosigkeit auf allen Gesichtern zu lesen sein; aber sie schlenderten wie gewöhnlich gleichgültig und lachend über den Hof.

Am Nachmittage, als müßte ich ihn zwingen weiterzureden, trieb es mich wieder nach dem Zimmer des Oheims. Die Tür stand offen, aber er selbst war nicht dort. Mitten auf der Diele lag eine schwarze Katze, eine gefangene Maus zwischen den Krallen, die sich in der Nachmittagsstille hervorgewagt haben mochte. Ich blieb auf der Schwelle stehen und schaute grübelnd zu. Die Katze begann ihr Spiel zu treiben; sie zog die Krallen ein, und die Maus rannte hurtig über die Dielen und an den Wänden entlang. Aber die grünen glimmenden Augen hatten sie nicht losgelassen; ein heimliches Spannen der Muskeln, ein Satz, und wieder lag das Raubtier da, mit dem glänzenden Schwanz den Boden fegend, die gefangene Maus vorsichtig mit den spitzen Zähnen fassend. Sie war noch nicht aufgelegt, ein Ende zu machen; das Spiel begann von neuem. Manchmal, wenn sie die kleine entrinnende Kreatur immer wieder mit der zierlich gekrümmten Pfote an sich riß, wollte mich fast das Mitleid überwältigen; aber ein Gefühl, halb Trotz, halb Neugier, hielt mich jedesmal zurück.

Während ich so für mich hinbrütend dastand, hörte ich die gegenüberliegende Tür gehen, indes die Katze mit ihrem noch lebenden Opfer davonsprang. »Sie, gnädiges Fräulein!« sagte eine jugendliche Stimme; und als ich aufblickte, sah ich Arnold vor mir stehen, der seit einiger Zeit mit dem Oheim viel verkehrte. Da ich ihm nichts erwiderte, so machte er eine Bewegung, als wollte er sich entfernen; plötzlich aber, als habe er auf meinem Antlitz die Hülflosigkeit meines Innern gelesen, zögerte er wieder und sagte fast demütig: »Kann ich Ihnen in irgend etwas dienen, Fräulein Anna?«

Es war ein Ausdruck in seinen Augen, der mich reden machte. Ich trat an den Tisch und zeigte ihm des Oheims Spannbrett, auf welchem noch der schwarze Käfer steckte.

»Befreien Sie mich von dem«, sagte ich, »und von der schwarzen Katze!« Und als er mich zweifelnd ansah, erzählte ich ihm, was mir am Vormittage hier geschehen und was soeben vor meinen Augen vorgegangen war. Er hörte mich ruhig an. »Und nun?« fragte er, als ich zu Ende war.

»Ich habe bisher noch immer den Finger des lieben Gottes in meiner Hand gehalten«, sagte ich schüchtern.

Seine Augen ruhten eine Weile wie prüfend auf mir. Dann sagte er leise: »Es gibt noch einen andern Gott.«

»Aber der ist unbegreiflich.«

Ein mildes Lächeln glitt über sein Antlitz. »Das sind noch die Kinderhände, die nach den Sternen langen.« Er stand einige Augenblicke in Nachdenken verloren; dann sagte er: »In der Bibel steht ein Wort: So ihr mich von ganzem Herzen suchet, so will ich mich finden lassen! Aber sie scheinen es nicht zu verstehen; sie begnügen sich mit dem, was jene vor Jahrtausenden gefunden oder zu finden glaubten.« Und nun begann er mit schonender Hand die Trümmer des Kinderwunders hinwegzuräumen, das über mir zusammengebrochen war; und indem er bald ein Geheimnis in einen geläufigen Begriff des

Altertums auflöste, bald das höchste Sittengesetz mir in den Schriften desselben vorgezeichnet wies, lenkte er allmählich meinen Blick in die Tiefe. Ich sah den Baum des Menschengeschlechtes heraufsteigen, Trieb um Trieb, in naturwüchsiger ruhiger Entfaltung, ohne ein anderes Wunder als das der ungeheuren Weltschöpfung, in welchem seine Wurzeln lagen.

Die Begeisterung hatte seine Wangen gerötet, seine Augen glänzten; ich horchte regungslos auf diese Worte, die wie Tautropfen in meine durstige Seele fielen. Da, als ich zufällig aufblickte, sah ich meinen Oheim an dem gegenüberliegenden Fenster stehen, scheinbar an den Käfigen seiner Vögel beschäftigt; als aber jetzt auch Arnold den Kopf zu ihm wandte, hob er drohend den Finger. »Wenn das meine brüderliche Exzellenz wüßte!« sagte er. »Steht denn der Unterricht auch in dem allerhöchst genehmigten Stundenplan? Nun, nun«, fuhr er lächelnd fort, »ich werde das nicht verraten!« Dann trat er an den Tisch, und indem er mit einer gewissen Feierlichkeit seine Hand über die darauf liegenden Werke der neueren Naturforscher hingleiten ließ, sagte er halblaut, wie zu sich selber: »Das sind die Männer, die ihn suchen, von denen er sich wird finden lassen; aber der Weg ist lang und führt oftmals in die Irre.«

Ich gedenke noch, wie dieser Tag sich neigte. Das Abendrot leuchtete an den Wänden der Wohnstube; mein kleiner Bruder, der an dem Tischchen in der Fensternische saß und über den Hof in den Garten hinabblickte, wollte noch gern einmal ins Freie; aber ich und »der liebe Arnold« sollten mit. Da mein Vater auswärts war, so ließ die Tante sich bereden. Nachdem Arnold von seinem Zimmer herabgekommen, packten wir den Knaben in sein Rollstühlchen und ließen es durch den Diener in den Garten bringen. Aber dann durfte wiederum niemand anfassen als Arnold und ich; und so schoben wir denn, jeder mit einer Hand, das kleine Gefährte in der breiten Lindenallee auf und ab. Die Tante mit ihrem Filettüchlein um den Kopf ging nebenher und zog mitunter das Mäntelchen dichter um die Füße des Knaben. Aber kaum ein Wort wurde gewechselt; es war still bis in die weiteste Ferne; nur mitunter sank leise ein Blatt aus dem Gezweig zur Erde, und oben über den Wipfeln war das stumme, ruhelose Blitzen der Sterne. Das Kind saß zusammengesunken und träumend in seinen weichen Kissen; nur einmal richtete es sich auf und rief: »Arnold, Anna! da flog ein Goldkäferchen, ganz oben bei den Sternen!«

»Das war eine Sternschnuppe, mein Kind«, sagte Tante Ursula.

Ich sah, wie Arnold den Kopf zu mir wandte; aber wir sprachen nicht; wir fühlten, glaub ich, beide, daß dieselben Gedanken uns bewegten. Als wir bald darauf mit dem schlafenden Kinde in das Haus zurückgekehrt waren, stand ich noch lange am Fenster und blickte in die Nacht hinaus. Es war ein Gefühl ruhigen Glückes in mir; ich weiß nicht, war es die neue, bescheidenere Gottesverehrung, die jetzt in meinem Herzen Raum erhielt, oder gehörte es mehr der Erde an, die mir noch nie so hold erschienen war.

Im September hatten wir, da in den unteren Zimmern eine Reparatur vorgenommen wurde, uns oben in dem großen Bildersaale eingerichtet. Es war an einem Sonntagvormittage. Am Abend sollte in der Stadt die Einweihung des neuerbauten Rathauses mit festlichen Aufführungen und darauffolgendem Ball begangen werden. Mein Vater, der guter Laune war, da das erhoffte Königsbild seit einigen Tagen nun wirklich in seinem Zimmer hing, hatte auf die Einladung der städtischen Behörde für uns alle zugesagt. Die Oberforstmeisterin von dem uns zunächst gelegenen Gute und eine bei ihr lebende Schwester, welche den nach meiner Rückkehr abgestatteten Besuch noch nicht erwidert hatten, wurden zu Tisch erwartet. Die Damen waren gleichfalls eingeladen und wollten am Abend gemeinschaftlich mit uns zur Stadt fahren.

Ich saß mit einer Handarbeit am Fenster. Arnold, mit dem ich zuvor gesungen hatte, stand noch im Gespräche neben mir. Er hatte mich eben auf den Abend um einen Tanz gebeten, als meine Tante mit den erwarteten Gästen in den Saal trat. Die Oberforstmeisterin war ein stattliche Dame in mittleren Jahren; ihre Augen waren beständig halb geschlossen, als sei die Welt ihres vollen Blicks nicht wert, und ich dachte immer, ihr Fuß müsse jedes kleine Geschöpf auf ihrem Wege zertreten; sowenig sah sie, was unter ihr am Boden war. Aber die Fältchen um ihre Augen verschwanden, als sie auf mich zukam; sie küßte mich, sie war entzückt von der Frische meines Teints und dem Glanz meiner Augen; in ihrer matten Sprechweise überschüttete sie mich mit Zärtlichkeiten. Meine Tante hatte ihr Arnolds Namen genannt, und sie hatte, während sie das Gespräch mit mir fortsetzte, seine Verbeugung leicht und höflich erwidert.

»Ist der junge Mann ein Verwandter des Herrn von Arnold auf Grünholz?« fragte sie mich nach einiger Zeit.

Ich hatte nicht den Mut, es einfach zu verneinen, als ich in das hochmütige Gesicht dieser Frau blickte. »Ich glaube kaum«, sagte ich leise; »er hat uns nicht davon gesprochen.«

Aber er mußte meine Lüge gehört haben; denn schon war er näher getreten, und während ich seinen ernsten Blick auf meinen niedergeschlagenen Augen zu fühlen glaubte, hörte ich ihn sagen: »Ich heiße Arnold, gnädige Frau, und bin seit einigen Monaten der Lehrer des jungen Barons.«

Die Oberforstmeisterin ließ wie musternd ihre Augen über ihn hingleiten. »So?« sagte sie trocken; »der Kleine macht Ihnen gewiß recht große Freude!« Dann wandte sie sich mit einem verbindlichen Lächeln zu meiner Tante und begann mit dieser ein Gespräch.

Arnold blickte ruhig über sie hin; es war ein Ausdruck der Verwunderung in seinen dunkeln Augen.

Bald darauf ging meine Tante mit den beiden Damen nach ihrem Zimmer. Ich blieb bei meiner Arbeit am Fenster sitzen; Arnold stand neben dem offenen Klavier. Keiner von uns sprach; es war wie beklommene Luft im Zimmer. »Singen Sie doch etwas«, sagte ich endlich; »ein Volkslied, oder was Sie wollen!«

Er setzte sich, ohne zu antworten, ans Klavier, und nach ein paar leidenschaftlichen Akkordenfolgen sang er in bekannter Volksweise:

Als ich dich kaum gesehn,

Mußt es mein Herz gestehn,

Ich könnt dir nimmermehr

Vorübergehn.

Fällt nun der Sternenschein

Nachts in mein Kämmerlein,

Lieg ich und schlafe nicht,

Und denke dein.

Die Melodie hatte ich oft gehört; aber der Text war ein anderer. Mir kam eine Ahnung, daß diese Worte mir galten; ich fühlte, wie seine Stimme bebte, als er weitersang. Aber die Worte klangen süß, daß ich wie träumend die Arbeit ruhen ließ.

Ist doch die Seele mein

So ganz geworden dein,

Zittert in deiner Hand,

Tu ihr kein Leid!

Er sang die Strophe nicht zu Ende; er war aufgesprungen und stand vor mir. »Fräulein Anna«, sagte er, und in seiner Stimme klang noch die ganze Aufregung des Gesanges; »weshalb verleugneten Sie mich vor jener Frau?«

»Arnold!« rief ich. »Oh, bitte, Arnold!« Denn die Worte hatten mich grade ins Herz getroffen.

Als ich aufblickte, fuhr ein Strahl von Stolz und Zorn aus seinen Augen. Ich konnte es nicht hindern, daß mir die Tränen über die Wangen liefen und auf meine Arbeit herabfielen. Er sah mich einen Augenblick schweigend an; dann aber verschwand der Ausdruck der Heftigkeit aus seinem Antlitz. »Weinen Sie nicht, Anna«, sagte er; »es mag schwer zu überwinden sein, wenn einem die Lüge schon als Angebinde in die Wiege gelegt ist.«

»Welche Lüge? Was meinen Sie, Herr Arnold?«

Seine Augen ruhten mit einem Ausdruck des Schmerzes auf mir. »Daß man mehr sei als andere Menschen«, sagte er langsam. »Wer wäre so viel, daß er nicht einmal auf Augenblicke dadurch herabgezogen würde!«

»O Arnold«, rief ich, »Sie wollen alles in mir umstürzen!«

Er sah mich wieder mit jenen resoluten Augen an, als da ich zum ersten Mal ihm gegenüberstand; und jetzt plötzlich wußte ich es, was mich so vertraut aus diesem Antlitz ansprach. Ich schwieg; denn mir war, als fühlte ich das Blut in meine Wangen steigen. Dann aber, als er mich fragend anblickte, suchte ich mich zu fassen und wies mit der Hand nach jenem alten Familienbilde oberhalb der Tür. »Sehen Sie keine Ähnlichkeit?« fragte ich. »Der eine von jenen Knaben muß Ihr Vorfahr sein.«

Er warf einen flüchtigen Blick auf das Bild. »Sie wissen ja«, erwiderte er kopfschüttelnd, »ich gehöre nicht zu den Ihrigen.«

»Ich meine den Knaben, der den Sperling auf der Hand trägt«, sagte ich.

Ein Ausdruck des bittersten Hohnes flog über sein Gesicht. »Den Prügeljungen? Das wäre möglich; meine Familie ist ja hier zu Haus.« Aber gleich darauf strich er mit jener leichten Kopfbewegung das Haar zurück und sagte fast weich: »Verzeihen Sie mir, Fräulein Anna; ich bin nicht immer gut.«

Ich war aufgestanden, und ich glaube, ich habe ihn mit meinen finstersten Augen angesehen. »Sie machen mir den Vorwurf«, erwiderte ich, »aber Sie selbst, meine ich, sind der Hochmütige!«

»Nein, nein«, rief er, indem er die Hand wie abwehrend von sich streckte, »das ist es nicht; ich schätze niemanden gering.«

Unser Gespräch wurde unterbrochen. Die Damen kamen zurück, und ich hatte Mühe, meine Aufregung zu verbergen.

Am Abend befanden wir uns alle, außer dem Oheim, der niemals eine Gesellschaft besuchte, in dem schönen, hell erleuchteten Rathaussaale der nächsten Stadt.

Es war eine Reihe von lebenden Bildern gestellt, welche die verschiedenen Epochen der städtischen Entwicklung zur Anschauung bringen sollten. Nun wurde der Saal geräumt, um Platz zum Tanzen zu gewinnen; jung und alt stand umher, sich über die eben beendigten Aufführungen unterhaltend. »Scharmant; in der Tat scharmant!« hörte ich die Stimme meines Vaters; ich sah ihn bald mit diesem, bald mit jenem in verbindlicher Weise konversieren; er lächelte, er bot den Herren seine Dose; es schien überall eine harmlose Gegenseitigkeit zu walten. Ich hatte mich Arnold zum ersten Tanz versagt; mir klopfte das Herz; denn ich hatte seit lange nicht und niemals noch mit ihm getanzt. Meine gesangskundige Freundin hatte sich zu mir gefunden; wir hatten Arm in Arm gelegt und wandelten unter den brennenden Kronleuchtern plaudernd auf und ab. Während schon die Musikanten ihre Geigen stimmten, kam mein Vater auf uns zu. Er machte der jungen Dame über ihre Mitwirkung in den gestellten Bildern ein Kompliment und sagte dann wie beiläufig: »Du wirst dich fertigmachen müssen, Anna; der Wagen ist vorgefahren.«

»Was, Sie wollen schon fort? Anna! Die Uhr ist ja kaum erst zehn!« rief das junge Mädchen.

Mein Vater neigte sich höflich zu ihr. »Wir müssen herzlich bedauern; aber ich hoffe, Sie werden uns recht bald bei uns zu Hause das Vergnügen machen.«

Mir quoll das Herz, aber ich schwieg; es konnte mich nicht überraschen, was geschah; ich hatte es in meiner Freude nur vergessen.

Nun traten auch andere hinzu; und es erfolgten Bitten und freundliches Drängen von allen Seiten; mein Vater hatte vollauf zu tun, das alles in leicht hingeworfenen Worten abzulehnen. Die Vorwände waren zwar augenscheinlich nichtig; aber sie waren ja auch nicht darauf berechnet, Glauben zu erwecken. Man begann denn auch allmählich zu begreifen; es entstand eine Stille, und die Leute zogen sich einer nach dem andern zurück. Mein Vater wandte sich an seinen Hauslehrer. »Amüsieren Sie sich, liebster Herr Arnold, und haben Sie nur die Güte, dem Kutscher zu sagen, wann Sie geholt sein wollen.«

»Ich danke, Exzellenz; ich werde gehen.«

Dann brachen wir auf. Tante Ursula, die Oberforstmeisterin und ihre Schwester nahmen mich in ihre Mitte; so schritten wir an der schweigenden Gesellschaft vorbei den Saal hinab. Es waren Männer darunter, die den Stempel langjähriger ernster Gedankenarbeit auf der Stirn trugen, Jünglinge mit tiefen vornehmen Augen, Mädchen mit allem Stolz und aller Grazie der Jugend; wir aber waren etwas zu Apartes, um uns mehr als andeutungsweise mit ihnen zu bemengen. Im Vorübergehen sah ich den stillen Ausdruck der Kränkung auf manchem jungen Antlitz, auf manchem alten ein ruhiges Lächeln. Ich mußte die Augen niederschlagen; ich haßte nein, ich verachtete, mit Füßen hätte ich sie von mir stoßen mögen, die mich zwangen, mich so vor mir selber zu erniedrigen.

Am andern Vormittag, da ich noch ganz erfüllt von solchen Gedanken in den Garten gegangen war, begegnete mir Arnold in dem hinteren Quergange der Lindenallee. Es lag eine finstere Trauer in seinen Augen, als er langsam auf mich zukam. Wie von innerer Gewalt gedrängt, streckte ich beide Hände gegen ihn aus. »Arnold!« rief ich, »das war nicht meine Schuld!«

Er ergriff sie und sah mir eine Weile voll und tief in die Augen. »Dank, Dank für dieses Wort«, sagte er, indem alle Düsterkeit aus seinem Angesicht verschwand; »es hat nicht helfen wollen, daß ich es mir selbst schon tausendmal gesagt habe.«

Dann gingen wir schweigend nebeneinander ins Schloß zurück; mir war, als sei eine Zentnerlast von meiner Brust gefallen, als ich jetzt wieder zu der Tante in den Saal trat.

Bald darauf wurde es eine trübe, einsame Zeit. Die Schwäche des kleinen Kuno nahm in einer Weise zu, daß der Arzt jeden Unterricht auf Jahre hinaus untersagte. Infolgedessen verließ uns Arnold; er wollte nach der Residenz, um sich an der dortigen Universität als Dozent zu habilitieren.

Der kleine Kranke war fast nicht zu trösten; Arnold mußte ihm versprechen, daß er wiederkommen oder daß er ihn zu sich holen wolle, sobald seine Kräfte wieder zugenommen hätten. Wenn wir vorausgewußt hätten, daß schon nach einem Monat das kleine Bett leer stehen würde, er wäre wohl so lange noch geblieben.

An einem klaren Novembervormittag hielt unser Wagen unten auf dem Hofe, um ihn zur nahen Stadt zu bringen. Ich war, von einem Gefühl schmerzlicher Unruhe getrieben, in den Garten hinabgegangen; die Buchenhecken waren schon gelichtet, die letzten gelben Blätter wehten von den Bäumen.

Während ich in dem Gange hinter dem Laubschlosse auf und ab ging, sah ich Arnold in dem Hauptsteige herabkommen; er stand mitunter still und blickte um sich her; ich fühlte wohl, daß er mich suchte. Aber ich ging ihm nicht entgegen; ein Trotz, eine Wollust des Schmerzes überfiel mich; ich sollte ihn auf immer verlieren, so wollte ich auch diese letzten, armseligen Minuten von mir werfen. Ich schlich mich leise durch die Büsche in die Seitenallee und floh wie ein gejagtes Wild den Steig hinab. Unten durch eine Lücke des Zaunes schlüpfte ich in das angrenzende Gehölz. Dann, nachdem ich seitwärts durch die Bäume gegangen war, so weit, daß ich den Hauptgang des Gartens überblicken konnte, stand ich still und schlang den Arm um einen Tannenstamm. Ich sah noch, wie Arnold aus dem Garten trat, wie hinter ihm das eiserne Gittertor zuschlug. Ich rührte mich nicht; als ich nach einer Weile hörte, wie der Wagen über das Steinpflaster des Hofes rollte, warf ich mich auf den Boden und weinte bitterlich.

Da legte sich eine Hand sanft auf meine Schulter. Es war mein Oheim. »Komm«, sagte er, »komm, mein Kind; wir wollen noch einige Kiefernäpfel für meinen Kreuzschnabel suchen.« Er hob mich vom Boden auf und strich mit der Hand die trockenen Tannennadeln aus meinen Haaren; dann, während er einige Kienäpfel zwischen den Stämmen aufsammelte, führte er mich ins Haus und über eine Hintertreppe auf sein Zimmer. »So«, sagte er und drückte mich in seinen großen Lehnstuhl nieder und streichelte mir die Wangen, »besinne dich, mein Kind!« Ein paarmal ging er, die Hände auf dem Rücken, im Zimmer auf und nieder; dann fütterte er den Kreuzschnabel und den lahmen Starmatz und machte sich draußen vor dem Fenster am Bauer des Käuzchens was zu tun; endlich kam er wieder zu mir zurück. »Es wird recht einsam für dich werden«, sagte er; »im Winter allein mit all den alten Menschen; aber um Ostern ich hab es mir bedacht –, da reisen wir beide einmal was meinst du von der Residenz? Ich werde den Vetter bitten, daß er dich mit mir reisen läßt. Der Arnold ist dann auch dort«, setzte er wie beiläufig hinzu; »er kann uns umherführen; der Bursche muß ja dann schon überall Bescheid wissen.«

Als ich bei diesen Worten seine Augen mit dem Ausdruck der zartesten Fürsorge auf mich gerichtet sah, gedachte ich unwillkürlich der seltsamen Erklärung der Liebe, die er mir vor einiger Zeit und an derselben Stelle gegeben hatte. »Onkel«, sagte ich leise, während ich den Druck seiner Hand an der meinen fühlte, »ist denn das auch nur die Furcht vor dem Alleinsein?«

»Freilich«, erwiderte er, »was denn anders, Kind? Mein lahmer Starmatz und der alte Herr mit den Brillenaugen dort draußen vor dem Fenster, es sind zuzeiten schon ganz unterhaltende Gesellen; aber sie gehören denn doch, wie Hegel sagt, zu dem schlechthin Fremdartigen; und mitunter, glaub ich, verstehen sie mich nicht ganz.«

Ich sah ihn zärtlich an und schüttelte den Kopf.

»Nun, nun«, fügte er sanft hinzu, »vielleicht ist es auch die Furcht, daß du allein seist.«

Hier brachen die beschriebenen Blätter ab.

Ein anderer Tag

Die schweren Fenstervorhänge des Wohnzimmers schienen heute fast zu dunkel; denn draußen über dem Garten lag ein feuchter Oktobernachmittag. Zwischen der Gutsherrin und ihrem jungen Verwandten war soeben ein Gespräch verstummt, das von besonderer Bedeutung gewesen sein mußte; denn während sie an ihren Schreibtisch ging und das Heft hervornahm, woran sie vor einigen Wochen geschrieben hatte, lehnte er in der Fensternische und blickte, augenscheinlich mit einer schmerzlichen Verstimmung kämpfend, in den trüben Tag hinaus.

»Lies das, Rudolf, lies es jetzt gleich«, sagte sie, die Blätter vor ihm auf die Fensterbank legend; »ich dachte, es sei nur für mich selbst, als ich es niederschrieb; aber ich vertraue dir, und es wird gut sein, wenn du weißt, wie es einst mit mir gewesen ist.«

Er nahm schweigend das Heft und begann zu lesen. Sie sah ihm eine Weile zu; dann setzte sie sich in einen Sessel vor dem Kamin, in welchem der kühlen Jahreszeit wegen schon ein leichtes Feuer brannte. Sie durchdachte noch einmal den Inhalt des Geschriebenen, und unwillkürlich schrieb sie in Gedanken weiter. Wie Nebelbilder erhellten sich einzelne Szenen ihrer Vergangenheit vor ihrem innern Auge und verblaßten wieder. Als Rudolf einmal unter dem Lesen einen Blick nach ihr hinüberwarf, sah er, wie sie die geballten Hände gegen ihre Augen drückte. Es waren die Tage ihrer Hochzeit, die grell beleuchtet vor ihr standen. Sie suchte mit körperlicher Gewalt der Bilder Herr zu werden, die sich frech und meisterlos zu ihr herandrängten und nicht weichen wollten. Und es gelang ihr auch. Es wurde finster um sie her; ihr war, als ginge sie durch den Bauch der Erde. Sie hörte vor sich einen kleinen schlurfenden Schritt; in tödlicher Sehnsucht streckte sie die Arme aus; sie wußte es, es war ihr totes Kind, das vor ihr ging, ganz einsam durch die dichte Nacht; es konnte nicht fort, es hatte Erde auf den kleinen Füßen. Aber wo war es? Ihre zitternden Hände griffen umsonst in die leere Finsternis. Da blickten ein Paar Augen durch die Nacht; und es wurde wieder hell; denn diese Augen gehörten noch dem Leben an. »Arnold«, sprach sie leise. So hatte er sie angeschaut, als die kleinen Augen ihres Kindes sich geschlossen, tröstlich und doch ein Spiegel ihres Schmerzes; so auch, jahrelang nach jenem stummen Abschiednehmen dort im Garten, als sie in der Residenz, mit ihrem Gemahl in eine Gesellschaft tretend, ihn zum ersten Male wiedergesehen hatte. Sein Name war damals schon ein vielgenannter; er war ein Mann von »Distinktion« geworden, und auch hochgestellten Personen schmeichelte es, ihn unter ihren Gästen nennen zu können. So geschah es, daß sie sich von nun an zuweilen am dritten Orte sahen; bald aber kam er auch in ihr Haus, oft und öfter, zuletzt fast täglich, wenn auch nur auf Augenblicke. Was er für seine Vorlesungen, was er sonst zur Veröffentlichung niederschrieb, es war zuvor in geistigem Austausch zwischen ihnen hin und wider gegangen. Sie wurde allmählich sein Gewissen in diesen Dingen; er konnte ihrer Bestätigung kaum noch entbehren. Mittlerweile war ihr Kind geboren und nach kaum Jahresfrist wieder gestorben. Sie hatten sich dadurch unwillkürlich nur um so fester aneinandergeschlossen; sie ahnten wohl selber kaum, daß ihr Verhältnis allmählich ein Gegenstand des öffentlichen Tadels geworden sei. Auch dem Gemahl der jungen Frau schien dies verborgen geblieben; sein Amt vergönnte ihm nur geringe Zeit in seinem eigenen Hause; er suchte überdies nicht dort, sondern in den tausend kleinen Dingen bei Hofe den Schwerpunkt seines Lebens. Endlich, wie es nicht ausbleiben konnte, kam ihnen selbst der Augenblick plötzlicher Erkenntnis. Sie sah es noch, wie er damals die Blätter, aus denen er ihr gelesen, zusammenrollte, wie seine Hand zitterte und wie er durch die Tür verschwand. Kein Wort einer schmerzlichen Erklärung war zwischen ihnen laut geworden; aber sie wußten es beide, er, daß er nicht wiederkehren dürfe, sie, daß er nicht wiederkehren würde. Es war zu spät gewesen. Rastlos und heimlich hatte das Gerücht geschafft, und schon war auch das letzte Körnchen zugetragen, das die über ihren Häuptern drohende Lawine herabstürzte. Sie mußte in eine Trennung von ihrem Gemahl willigen; seine Stellung zum Hofe und zur Gesellschaft verlangten das. Öde, trostlose Tage folgten.

—

Rudolf hatte die Geschichte seiner Verwandten gelesen, soweit jene Blätter sie enthielten. Er blickte durch das Fenster den Buchengang hinab. Dort am Ende desselben hinter der Lindenallee lag der Tannenwald, in dem damals um einen ihm unbekannten Menschen von niedriger Herkunft ihre heißen Tränen geflossen waren. »Und wie kam es dann später?« fragte er nach einer Weile, während er die Blätter aus der Hand legte.

Sie blickte auf, als müsse sie erst den Sinn zu dem Wortlaute finden, der eben an ihr Ohr gedrungen war. »Dann«, sagte sie endlich »dann kam ein Augenblick der Schwäche.«

Rudolf nickte. »Ich weiß, du hast ihn wiedergesehen.«

Eine dunkle Röte bis unter das schwarze Haar überlief ihre Stirn. »Nein«, sagte sie »das war es nicht. Aber ich war so jung; ich duldete es, daß mich mein Vater einem fremden Mann zur Ehe gab.«

»Noblesse oblige!« erwiderte er leichthin. »Was hätte denn geschehen sollen?«

»Sprich nicht so, Rudolf; die Anmaßung wird nicht schöner dadurch, daß man sie als ein apartes Pflichtgebot formuliert.«

»Es hat sich so gefügt«, sagte er mit einer gewissen Strenge, »daß du durch diese Grundsätze gelitten hast.«

Sie nickte. »Oh«, rief sie, »ich habe gelitten! Und nach Jahren, als mein Herz bitter und mein Sinn hart geworden es ist wahr, wir haben uns wiedergesehen; und jene armselige Ehe ist darüber fast zerbrochen. Aber sie logen, sie logen alle!« Sie war aufgesprungen und preßte zitternd ihre Hände gegeneinander. »So«, rief sie, »so, Rudolf, habe ich mein Herz gehalten.«

»Und doch«, erwiderte er, »ich lebte damals viele Meilen von deinem Wohnorte, und doch habe ich auch dort gehört, wie sie es sich gierig in die Ohren raunten.« Er verstummte plötzlich, als habe er zuviel gesagt.

Aber sie blickte ihn finster an. »Sprich nur«, sagte sie; »ich weiß es alles, alles!«

Er sah ihr voll leidenschaftlicher Spannung in die Augen. »Und jenes Kind?« fragte er endlich.

»Es war das meine«, sagte sie, und ihre Stimme bebte vor Schmerz.

»Das deine; und nicht auch das seine?«

Sie sah ihn mit weit aufgerissenen Augen an, während eine Flut von Tränen über ihr Gesicht stürzte; Trotz und Verachtung gegen die Menschen, die sie besudeln wollten, fraßen an ihrem Herzen. »Nein, Rudolf«, rief sie, »leider nein!« Einen Augenblick stand sie hoch aufgerichtet; dann warf sie sich in den Lehnstuhl und drückte beide Hände vor die Augen.

Der junge Mann war neben ihr aufs Knie gesunken; sein Blick ruhte angstvoll auf ihren blassen Fingern, durch welche immer neue Tränen hervorquollen. Einmal erhob er die Hand, als wolle er die ihrigen herabziehen; aber er ließ sie wieder sinken. Als sie ruhiger geworden, ließ sie einige Sekunden ihre Augen auf dem jungen Antlitz ruhen, aus dem die Anbetung wie ein Opfer zu ihr emporstieg. Bald aber lehnte sie den Kopf zurück und starrte mit zusammengezogenen Brauen gegen die Zimmerdecke. »Geh jetzt, Rudolf!« sagte sie leise.

Der junge Mann ergriff die Hand, die wie leblos in ihrem Schoße lag, und küßte sie. Dann stand er auf und ging.

Es war dämmerig geworden; ein greller Abendschein leuchtete an der Wand; aber in den Ecken und am Kamin dunkelte es schon, und allmählich wuchs die Dämmerung. Die in dem tiefen Lehnsessel ruhende Frauengestalt war kaum noch erkennbar; dann fiel ein bleiches Mondlicht über den getäfelten Fußboden. Draußen erhob sich der Wind. Er kam aus weiter Ferne; ihr war, als sähe sie, wie er drunten über die mondhelle Heide fegte, wie er die Wolkenschatten vor sich hertrieb; sie hörte es näher kommen, die Tannen sausten, die alten Linden der Gartenallee; und nun fuhr es gegen die Fenster und warf einen Schauer von abgerissenen Blättern an die Scheiben. Der große Hund erhob sich von seinem Teppich und legte seinen Kopf auf ihren Schoß. Sie blickte eine Weile auf das glänzende Auge des Tieres; endlich sprang sie auf aus dem weichen Sessel und drückte mit beiden Händen das Haar an den Schläfen zurück, als wollte sie alles Träumen gewaltsam von sich abstreifen. »Ausharren!« rief sie leise. Dann trat sie zur Tür und zog die Klingelschnur; über sich hörte sie Rudolf in seinem Zimmer auf und ab gehen. Es wurde Licht gebracht. »Und was denn nun zunächst?« Aber sie wußte es schon; nachdem sie noch einen Augenblick in das verglimmende Kaminfeuer geblickt hatte, setzte sie sich an ihren Schreibtisch. Nach einer Stunde stand sie auf und siegelte einen Brief; die Adresse lautete an Rudolfs Mutter.

Es wird Frühling

Es war Winter geworden und einsam. In dem Zimmer oben ließ sich kein Schritt mehr hören; Rudolf hatte, wie sie es gewollt, das Schloß verlassen. Draußen vor dem Fenster sauste es in den nackten Zweigen, und in der Dämmerung vernahm man vom Korridor her das Schrillen der Spitzmäuse, welche in den öden Gängen umherhuschten. Manchmal, wenn sie abends aus dem Wohnzimmer in ihr Schlafgemach trat, blieb sie wie angewurzelt auf der Schwelle stehen. »Eine Kammer zum Sterben!« Sie schauderte. »Aber man braucht nur stillzuhalten; die Natur besorgt es ganz von selber!«

Sie ging umher, grübelnd, ob das, was ihre Gedanken zu dem fernen Geliebten zwang, nur die geistige Übereinstimmung ihres Wesens oder nicht vielmehr jene berauschende Naturgewalt sei, der sie keine Berechtigung zugestehen wollte. So reifte in ihr der Entschluß, soviel sie selbst vermöge, die Wiederherstellung ihrer Ehe zu versuchen. Zu dem Ende schrieb sie an ihren Gemahl, ausführlich und mit aller Wahrhaftigkeit und aller Milde, deren sie fähig war; eine aussichtslose Arbeit jenem Manne gegenüber, für den die Ehe nur die Bedeutung eines äußeren Anstandsverhältnisses hatte.

Der Brief war abgesandt; aber ein Tag nach dem andern verging, es kam keine Antwort. Ruhelos wanderte sie umher in den weiten Räumen; das trübe Dunkel des Wintertags lastete auf ihr wie eine Schwermut, die sie nicht abzuwerfen vermochte.

Doch es wurde wieder heller in dem alten Hause. Um Weihnachten war Schnee gefallen und leuchtete in die Fenster. Eine freundliche Wintersonne begann zu scheinen. Eines Nachmittags war mit den Zeitungen ein Schreiben angelangt, das den Poststempel der Residenzstadt trug. Ihre Hände zitterten, als sie das Siegel brach. Einen Augenblick noch, und ein Schrei stieg aus ihrer Brust, wie es dem Erstickenden geschehen mag, wenn ihn plötzlich wieder der frische Strom der Luft berührt.

Sie hatte den Tod ihres Mannes gelesen.

Noch an demselben Tage reiste sie ab. Einige Wochen vergingen; dann war sie wieder da. Während draußen allmählich der Schnee zerschmolz, wurde ein lebhafter Briefwechsel mit dem alten Oheim geführt; und endlich war es ausgemacht, sobald im Garten die Buchenhecken grün seien, wollte er kommen und sein altes Quartier beziehen; denn früher sei die große lebendige Vogelsammlung nicht zu transportieren. Als sie den Brief bekommen hatte, ging sie hinauf in das obere Stockwerk, durch den Saal in das einst so trauliche Zimmer des guten Oheims. Die Wände waren kahl, aber draußen vor dem Fenster hing noch der große Holzkäfig des Käuzchens. Sie ging wieder zurück; sie schloß eine Tür nach der andern auf, sie ging unten durch die ganze Zimmerreihe, die sie während ihrer Anwesenheit noch nicht betreten; die verlassenen dumpfigen Räume schienen ihr nicht öde; überall in ihnen war ja Raum für den Beginn eines neuen Lebens.

Und endlich kam der Frühling. Über der schwarzen Erde sprang an Gebüsch und Bäumen das frische Grün hervor; im Garten an den Grasrändern der Buchenhecken stand es blau von Veilchen, und morgens und abends hörte man drüben vom Tannenwald die Amseln schlagen.

An einem solchen Tage wandelte die junge Schloßherrin in der Seitenallee ihres Gartens. Mitunter blickte sie über den niedrigen Zaun auf den Weg hinaus, oder jenseit desselben in die weite morgenhelle Landschaft. Zwischen den Feldern stand hie und da ein Baum, wie brennend im Sonnenfeuer; es war alles so licht, so heiter klangen die Grüße der vorübergehenden Arbeiter, und in der Luft schwammen die »süßen ahnungsreichen« Düfte des Frühlings.

Da sah sie zwei Männer aus dem Tannicht den Weg heraufkommen, ein Bursche vom Dorf trug ihnen das Gepäck nach. Der eine, dessen Haar völlig weiß war, blieb stehen und blickte, die Augen mit der Hand beschattend, nach dem Garten hinüber. Auch sein jüngerer Begleiter zögerte; er hatte den Hut abgenommen und schüttelte mit einer leichten Bewegung den Kopf, während er an den Schläfen das schlichte Haar zurückstrich. Dann kamen sie näher; und schon waren sie von ihr erkannt. »Arnold, Onkel Christoph!« rief sie und streckte weit die Arme ihnen entgegen. »Beide! Alle beide seid ihr da!«

Der alte Herr schwenkte seine Mütze. »Geduld, Geduld!« rief er zurück. »Erst um die Ecke dort, und dann über den Hof ins Haus! Kommen Sie, Professor!« setzte er hinzu, indem er fürbaß schritt.

Aber Arnold war schon jenseit des niedrigen Zauns und hielt die Geliebte fest in seinen Armen.

»Ja so!« brummte der Alte, als er sich nach seinem Reisegefährten umsah. »Aber so geht's mit der Kameradschaft.« Dann schritt er, etwas langsamer als zuvor, den Weg hinauf, der nach dem Hoftor führte.

Arnold und Anna traten aus der Allee auf das Rondell hinaus, dem Laubschloß gegenüber, das hell von der Sonne beleuchtet vor ihnen lag. Er hatte ihre Hand gefaßt. So gingen sie den grünen Buchengang hinab, dem Hause zu. Drinnen auf dem Korridor vor der Tür des Wohnzimmers trafen sie den Oheim wieder. Er schloß sein Lieblingskind in seine Arme; sie sah an seinen Lippen, daß er sprechen wollte; aber er schwieg und legte nur sanft die Hand auf ihren Kopf.

»So«, sagte er dann, als ob es ihn haste fortzukommen; »geht jetzt hinein; ich komme nach, ich muß einmal nach oben, mein altes Quartier zu revidieren.«

Sie hob ihr Haupt empor, das sie unter der Hand des alten Mannes gesenkt hatte, und blickte ihm nach, wie er eilig den Korridor hinabschritt und am Ende desselben in dem Treppenhause verschwand. Dann legte sie die Hand auf den Arm des Geliebten, der schweigend danebengestanden hatte. »Arnold«, sagte sie, »lebt denn die Großmutter auf dem Schulzenhofe noch?«

»Sie lebt; aber sie wartet nicht mehr den jungen Hinrich Arnold; es hat sich umgekehrt, sie sitzt in ihrem Lehnstuhl in der Stube, und der kleine Hinrich bedient jetzt seine Urgroßmutter.«

»So laß uns morgen zu ihr, damit auch von den Deinigen sich eine Hand auf unsere Häupter lege.«

Dann traten sie in das Wohnzimmer. Als er den offenstehenden Flügel sah, überkam es ihn plötzlich. Wie trunken griff er in die Tasten und sang ihr zu:

Als ich dich kaum gesehn,

Mußt es mein Herz gestehn,

Ich könnt dir nimmermehr

Vorübergehn!

Sie stand ihm lächelnd gegenüber und sah ihn groß mit ihren blauen Augen an, während sie wie träumend mit der Hand ihr glänzend schwarzes Haar zurückstrich. Er vermochte nicht weiterzusingen; er sprang auf und faßte sie mit beiden Händen und hielt sie weit vor sich hin; seine Augen ließen nicht von ihr, als könnten sie sich nicht ersättigen an ihrem Anblick. »Und nun?« fragte er endlich.

»Nun, Arnold, mit dir zurück in die Welt, in den hohen, hellen Tag!«

Dann gingen sie Arm in Arm, zögernd, als müßten sie die Seligkeit jeder Sekunde zurückhalten, die breite Treppe in das obere Stockwerk hinauf. Als sie in den Rittersaal traten, kam ihnen der Oheim aus seinem Zimmer entgegen. Seine Gestalt war noch ungebeugt, und seine Augen blickten noch so innig wie vor Jahren. »Du brauchst einen Verwalter, Anna«, sagte er; »gegen freies Quartier werde ich diesen Posten übernehmen.«

Sie wollte Einwendungen machen. »Nein, nein, Anna, es wird nicht anders; ich bleibe hier und sehe nach dem Rechten.

Aber ich habe eine Bedingung; in den Sommerferien kommen der Herr und die Frau Professorin auf das Schloß, um meine Jahresrechnung abzunehmen!«

Sie gelobten das.

Über ihnen auf dem alten Bilde stand wie immer der Prügeljunge mit seinem Sperling, seitab von den geputzten kleinen Grafen, und schaute stumm und schmerzlich herab auf die Kinder einer andern Zeit.